俺の徒然草

十月十日

大きな家具類は全て二束三文で引き取ってもらい、ボストンバッグ一杯に積めこんだ衣類を下げて、下宿を出る。大学には昨日、休学届を出してきた。

朝まだきの空気が秋だ、冷ややかな大気を胸一杯に吸い込むと、俺は駅に向かって歩く。公園横のゴミの集積所に、重いボストンバッグを置き、少しためらう。

のか?　これで…

迷いが、かすかに残っている。だが、それも一瞬のこと、ゴミの集積所に俺の生きてきた

詰めこんだボストンバッグを残して、手ぶらになった気楽さからか、足早に、駅へと向か

ようやく眼覚めてきたばかりだ。

十月十一日

昨夜は、兄貴に、メロメロにされた、兄貴の家へ移った最初の夜だ、いや、正確に言えば、下宿を出、二時間の電車の中で、既に、俺の肉体は燃えちまっていたのだ。根元が、痛い程の勃起が、スウェットパンツを突きあげて困った。

「おう、来たか！」

そう言いざま、兄貴の太い腕が、俺の背中にまわり、ギリギリと締めあげてくる。心臓の鼓動が、うるさい程高まる。

「兄貴!!　来ちまった」

そう言う言葉を奪うように、兄貴の舌が、俺の口の中へ押し入ってくる。

「脱げよ!!」

兄貴の前で、裸になる。股間にいきり勃つ男根がやけに重い。

「捨てろ!!」

兄貴が指さすゴミバケツの中へ、着てきたトレーナーとスウェットパンツ、ソックス、そして、スニーカーを捨てる。これで過去と完全におさらばだ、十八年間の時間が、このほんのわずかな時間に、捨てられたのだ。

「兄貴!!」

素っ裸の肉体一つで、兄貴の前に立つ俺、兄貴の手が伸び、俺の男根を剥(む)きあげたのが二年前のこと、その頃、剥けかかっていた俺の男根も、今ではすっかり剥けきっている。

「いいんだな?」

「いいっす」

一晩中、兄貴の手に、肉体を翻弄され、幾度となく雄を抜かれ、そしてケツに兄貴の男根をねじりこまされた。シーツに薄黄色く染みを広げているのは、寝ている間に、俺のケツの穴から滴った兄貴の精液だ。

十月十二日

誓約する。俺のこの肉体を、兄貴の所有物とする。

高校時代からやってきたレスリングで、俺の肉体は、肉厚の筋肉質だ、腕を曲げるだけで、この腕の筋肉がモリモリと盛りあがる。一メートル七十五の身長は、さほど高いという訳ではないが、鍛えあげた筋肉は、裸になると、見ごたえがある。と兄貴は、俺の肉体をパンパンと平手で叩きながら言う。

兄貴の友人五人を迎えて、部屋の中央に、直立不動の姿勢で立つ俺、勿論、身に纏(まと)うものは、一糸とてない。素っ裸のままだ。五人とも兄貴と同年代、三十代前半か、それぞれが、俺のような若い雄を飼っていると聞く。

見られることで、俺は既に興奮し、男根がニョッキリ宙を突いて勃ってしまう。

「いいか、お前は今日から俺の雄だ、この肉体を俺に捧げるのだ」

俺は頷く。そして、俺の頭髪が、剃(そ)りあげられる、頭髪だけではない、眉も腋下も股間も足も、シェービングクリームの泡と共に、黒々としていた毛と言う毛が、全て剃りあげられる。ジョリジョリという音が、衆人の監視の中で響き、絶え間ない肉体への撫でまわしで、俺の男根は見事に、おっ勃ちっぱなしだった。俺は、剃りあげられるという行為が、ひどく猥せつな快感をともなうということを知った。

「跪(ひざまず)け!!」

兄貴の前に、俺は嫌味な程完全に体毛を剃りあげられた筋肉のかたまりとなった肉体を跪く。

「食わえて、しゃぶれ！」

兄貴のズボンのジッパーを降ろす、中一杯に詰まった肉棒を包んで、ブリーフが盛り上がっている。毛深く逞(たくま)しい兄貴の両脚を抱えこみ、俺は兄貴の股間に顔を埋(うず)める。五人の視線を痛い程感じながら、俺は、兄貴の太く堅い男根にむしゃぶりついた。

兄貴の手が俺のツルツルに剃りあげられた頭をグイッと引き寄せる。喉深く突っ込まれた肉棒の鋭さに、ジワリと涙がしみる。だが、そんなことに兄貴は構うことはない。兄貴の尻が、ゆっくりと前後に振られていく。

十月 十八日

兄貴の出掛けている日中の俺の日課。

兄貴を送り出した後、部屋の掃除、洗濯等の家事をすませると、正午までの三時間、筋肉を鍛える。一通りの用具はそろってあるので、その全てを消化すると三時間はたっぷりかかる。

全身から汗が吹き出、グッショリと濡れる頃、昼食が届く。兄貴の例の友人の店からだ。運んで来るのは健二という名の、俺と同年代。健二も又、俺と同じに、例の友人の所有物と言う。短髪の頭は、外に出す為、特に許されてのこと、腋の下は、当然毛の一本も許されず日々剃りあげられている。

いい肉体をしている。

決まって十二時五分にベルが鳴ると、俺は決まってドアを開く。家の中にいる限り俺は何も着せてはもらえない。トレーニング直後の汗まみれの肉体を、だから健二は全て見てることになる。

「ほら、昼食!!」

同類の親しみから、ニャッと笑いながら俺の手に昼食を渡すと、健二はすぐに次の家へと向う。

昼食後、屋上で日光浴、勿論周囲からのぞかれる心配のない囲いの中での素っ裸だ。その後、再び筋肉を付けるトレーニング、雨の日は、日焼けライトにかわるのみ。

そして、兄貴を待つ。

十月二十三日

「おい、俺の尻に顔を埋めろ!!」

兄貴が言う。

「いいか、動くな」

そして、兄貴は俺の鼻面で、屁をかます、熱い臭気。

「嗅げ!!」

俺は鼻腔一杯に開けて兄貴の臭いを嗅ぐ。

十月三十日

夜、屋上に連れ出される。

両腕を背中にまわし、縄で縛りあげられる。素っ裸の肉体には、いささか夜気が冷たい。

兄貴は、俺にコンクリートの床に寝転ぶように言う。シンシンと冷たさが肌を刺す。あお向けに転がされた俺の両腕は、俺の肉体の重さに潰される。兄貴は、俺の足首をたばねて縄を縛ると、俺の肉体を二つに折るように、その足を頭のところへ持っていき、縄で結ぶ。

俺は海老責めの姿にされた訳だ。

上に持ちあげられたケツは、その谷間をあますところなく晒(さら)し、兄貴の視線をまともに受ける。

「久し振りに肉体を洗ってやるか。」

兄貴が言う。

この一週間、兄貴の許可を与えられなかった俺は、風呂はおろか、シャワーすら浴びていない。

それにもかかわらず、毎日のトレーニングに汗をかいている俺なのだ、汗臭い肉体は、ヌルヌルと脂分をうかべ、きつくにおっていた。

兄貴は、俺のケツの穴の横にしゃがむ。そして、いちじく浣腸をつっこむ。

「あっ！　兄貴」

それは三個たて続けに注入される。たちまち、腹がキュッとひきつり、やがてゴロゴロと音をたて始める。つのりくる排泄感。

しかし、兄貴は、直径三センチ程の木棒を手にすると、それで、俺のケツの穴をえぐるのだ。

「ウッ!!」

俺は眉をしかめて呻（うめ）く。俺のケツの穴を割って、ズゴリと突っこまれた木棒は、深く浅く、動かされる。

「兄貴!!　やっ、止めてくれよぉ!!」

「止めてくれだと、ずい分生意気な口きくな」

「やっ、止めて下さい。許して、兄貴、腹の中かきまわすのは…。もっ、もれちまう。」

「もれるかよ、こうして栓してやってるのに」

俺の腹の中の固形物がドロドロに溶かされ、熱い滾（たぎ）りと共にふくれあがっていく。脂汗を全身に浮かべ、俺は歯を食いしばる。食いしばってももれてしまう喘（あえ）ぎを、兄貴は笑いながら楽しむ。

ケツの穴をえぐる木棒は、深く浅く、また深く、俺の腹の中をこねくりまわす。萎えかける男根を、ピンとおっ勃てるように、兄貴のもう一方の手は、絶え間なく男根責めを繰りかえす。

だが、雄を射精することは許されない。

滴る先走りの露が、糸をひいて垂れ、屈した腹のヒダに溜まっていく。

小一時間にわたる責めに、俺の肉体は、メタメタにいたぶられる。夜風の冷たさも、コンクリートの冷たさも、もうそこには存在しない。肉体の芯から溶けた熱さが、俺の肉体を燃やす。押しとどめられた排泄感が極限を越えて、じらされる。

「よし、出せ!!」

兄貴がひと声かけると、木棒は一度、ズブリとケツの穴奥深くぶっこまれ、そして一気にズボッと抜かれる。音をたてて、上向きにされたケツの穴を割って、汚泥が吹き出る。

「ウウッ!!」

ドロドロに溶けた己れの汚泥が、ケツを汚し、ダラダラと腹へ、胸へと流れ伝う。避けようもない。縄に自由を奪われている俺なのだ、背にまわった生暖かいドロドロが、やがて、コンクリートの床にポタポタと落ち始める。俺の荒い息に合わせて、ケツの穴は開閉を繰り返し、その度に臭気を発する汚泥はあふれ出て止まない。

糞まみれの裸体に、兄貴はションベンをかけてくる。

「飲め!!」

顔めがけて放尿されるそれを、俺は飲みくだす。もはや、理性などひとかけらもない。メタクソに汚される肉体が俺のものであることに、俺は快感を覚えていた。

ホースから勢いよくほとばしる水流の冷たさ。肉体にこびりついた汚泥が洗い流されるまでに、更に小一時間、俺は兄貴の眼の下、糞まみれの裸体を晒していなければならなかった。

十一月三日

この四日間、兄貴は俺に大便を禁じてきた、詰まりに詰まった腹は、プックラと脹らんですらきたようだ。

あの夜、これは予行だ、と兄貴の言葉通り、この夜、兄貴の友人の一人が、ビデオカメラを持ち込んできた。

再び屋上に連れ出された俺の肉体を縄が縛る。いちじく浣腸が五個、俺のケツに注入されるところから、ビデオが撮られる。

この夜、兄貴のいでたちは、黒皮のつなぎ。皮の野生の匂いが、俺をまどわす。

再び繰り返される狂宴。糞まみれの俺の裸体を、ゴム手袋をはめた兄貴の手が撫でまわす。四日分の溜まりに溜まった汚泥の量の多さ。糞のへばりついた兄貴のゴム手袋の手が、俺の顎を挟み、カメラに向けさせる。

「ちゃんと面も撮ってもらえ。どうだ、嬉しいか?」

「嬉しいっす」

兄貴の手は、俺の股に伸び、俺の男根をしごき出す。

ゴム手袋の感触、まわされるビデオの音、眉を寄せ、とは言っても剃られた青さがそれとわかる眉だ。鼻腔をふくらませ、快楽に酔う俺の表情のアップ。涎がツツッと頬を伝う。

予行済み故、アングルは兄貴の指示で、あますところなく俺の恥態を撮っていく。木棒にえぐり出されたケツの穴の肉壁の赤さと糞まみれの勃起した男根。そして、やがてそこから勢いよく吹っ飛ぶ雄の白いかたまりの連射。

ビデオは、例の五人に回覧されると言う。

十一月十二日

ケツにバイブレーターを装着され、サポーターを穿き、更に生ゴムのブリーフ。Tシャツにスウェットパンツは兄貴のものだ。

駅。

環状線の電車の中、坐る俺、兄貴は斜め前にそしらぬ態。

スイッチの入れっぱなしのバイブレーターが、俺のケツから股間を刺激し続ける。脂汗をかく俺を、隣に坐る人が、怪訝な顔で、チラリと見る。特にゴムでピッタリと押さえつけているとは言え、股間の盛りあがりざまは、じっくり見れば明らかだ。

「ウッ！」

肉体をこわばらせて、唇を噛む。また、射精した。これで二発目、駅はまだ五つしか過ぎていない。濡れたサポーターの中で、生暖かい粘液があふれていく。

兄貴が、ニヤリと笑う。だが、スイッチを切ることはできない。一度萎えかけた男根が、再び息づく。

「気分でも悪いのですか」

隣に坐った中年の女が聞いてくる。

「いえ、大丈夫です」

と答える声が、明らかに上ずっている。また、コチンコチンにおっ勃った。ヌルヌルと生暖かいサポーターの中で、男根の堅さがうらめしくなる。

「アッ!!」

小さな声で喘ぐ。ギュッと握りしめたこぶしが更に握り固められる。手の平は汗でグチョグチョだ。

車内アナウンスの間のびした声を聞きながら、射精している俺。暑くもないのに、薄手のTシャツが、汗に濡れ、肉体にベッタリはりついている。

ひとまわりするまで、まだ駅は続く。

十一月十四日

いつものように昼食を届けにきた健二の顔が、いつもと違って腫(は)れている。

「へへっ!! 兄貴に往復ビンタさ。素っ裸の直立不動で、三十分近くビンタくらった。今だに頬が熱い」

ぶっ叩かれることに頓着しない健二に、俺は俺と同じ匂いを嗅いだ。

「じゃあな」

いつもと同じ明るさで、健二は次の配達へと駆けていった。

十一月十六日　その一

兄貴にともなわれて、五郎の家に行く。

五郎は、兄貴の例の友人の一人、K氏の所有物だ。剣道の道場を経営するK氏のもとに通っていた五郎が、一七の年にその肉体をK氏の前に投げ出させされ、翌十八の年に、内弟子の形でK氏の所有物となったと言う。

雨戸を閉めきった道場で、K氏は、五郎に稽古をつけているところだった。

胴着を着たK氏は片手に竹刀を握り、褌一丁の五郎の素振りを矯正する。

「ちょっと待っててくれ」

K氏は兄貴に言うと、再び、五郎の肉体に鋭い眼をくれる。

初めて見る五郎。健二以外に見る五人の雄の一人だ。既に全身吹き出した汗に濡れた五郎の肉体は、電灯の下でネットリとした光沢を帯びている。剃りあげられた頭に、濃く太い一文字の眉、一重まぶたの切れのよい眼、その顔は太く逞しい首から肉づきのよい肩へとつながり、ぶ厚い胸板へと続く。筋肉質の裸体だ。

竹刀をふりかわす時あらわになる腋下には勿論、毛の一本もない、おそらく繁茂していたであろう黒ずんだ剃り跡がはっきり見える。ひきしまった腰、そしてむっくりと形よくつき出たケツ。股間を被う褌はもう何日も穿き通したのだろう、薄汚れ、前袋の黄色いシミは五郎の雄の証しだ。パンパンに張った太股の堅さ、足運びの無駄のない動き。まさに一匹の雄を見る思いだ。ちょっとでも気をゆるめると、K氏の竹刀が情容赦なく、五郎の裸体を打ちすえる。

ビシッ、ビシッ‼

肉を打つ音のすさまじさ、飛び散る汗粒、閉めきった道場は、ムッとする熱気と汗の臭いがこもっている。

五郎の肉体に刻印される赤黒い無数のアザの上に更に新しい赤筋が加わる。疲労に足がよろめいたのか、五郎は、体勢をくずして、ドドッと道場の床に膝をつく。

すかさずK氏の竹刀が、五郎の背をめがけて振りおろされる。

「起て」

K氏の怒号があびせられる。

荒い息をつきながら五郎は必死に起とうとするが、再び足がもつれ、あお向けに倒れる。K氏の竹刀の先が、五郎の肩口にグイッと押さえつけてくる。

「ウウッ」

苦痛にもがく五郎の手が、懸命に床をつき上半身を起てようとする。

しかし、K氏は竹刀でグリグリと五郎の肉体をねじりこんでいく。そして、あお向けの無防備な股間を、K氏の足が、むんずと踏みしだくのだ。股を閉じて、その足を防ごうとすることは許されない。踏み潰されれば、K氏が踏みやすいように、股を開く五郎だ。

その五郎の股間を、K氏の足はグリグリとこねまわす。汗に濡れそぼった褌は、次第に形を変え、やがてもっこりと勃起する。肉体の極限まで疲労しつくしたゆえに、更に性欲のたかぶりはすさまじい。

顔の前につき出された竹刀の先を、五郎はあたかもK氏そのもののように、スッポリと口に入れ、しゃぶる。不自由な首を前後させ、竹刀の先をむさぼる五郎の表情に、快感のたかまりを見る。その頃合いを見て、K氏は、足をどけ、竹刀の先を、男根の真上に振りおろした。

「グエッ!!」

肉体を弓なりに反らし、五郎は気を失う。気を失いながら、褌の中で五郎の男根は雄を吹き出し続けているらしい。ジワジワとひろがっていく粘液が、はっきりとわかるのだ。

道場の床の上に、大の字になって転がる五郎の雄の噴射を確めると、K氏はようやく、兄貴と俺の方に顔を向けた。

十一月十六日　その二

K氏の家に着くとすぐに、俺に与えられた服は兄貴の手によって、取りあげられる。だから、道場で五郎の稽古を見ている間の俺はといえば、素っ裸の正坐だった。股間の男根は、五郎に加えられるK氏のさいなみを見るにつけ、堅く、太く勃起し続けていたわけだ。

「一瞥以来だな、こいつを見るのも」

K氏が言う。

「オレも、五郎を久し振りに見たわけだ。一段と雄臭さが増したな、肉体ももう一丁前だ」

と兄貴。

「明日から出張だってな」

「ああ、さっき電話で話した通りだ。二日程こいつを預ってもらおうと思ってな」

「構わんよ、置いてけ!!」

「勿論、五郎なみの扱いで結構だ、食わせるだけやってくれれば、あとはどう使おうと好きにしてくれ」

兄貴の去った後道場に正坐する俺に、K氏の最初の命令が下る。

すなわち、床に大の字に伸びていた五郎の股間を褌ごとむしゃぶること。のろのろとすれば、たちまちケツに竹刀が打ちすえられる。

五郎の脚の間に這(は)い寄り、顔を股間に近付ける。ムレムレとした熱気ときつい臭いが眼前に迫る。俺と同様、股間の毛は剃りあげられている五郎だが、こうして近々と見つめれば、ブッブッと太い毛の先が、毛根の穴ごとに頭をのぞかせているのがわかる。

「なにをグズグズしている。なじみの臭いだろうが。なじみの味がするだけだ」

K氏の罵声と共に、俺の後頭部に竹刀の先が当てられ、グイグイと力が加えられる。

五郎の股間に、モロに鼻面を潰された俺は胸一杯に五郎の股間のすえきった臭いを嗅がされる。グジュグジュと粘っこく濡れた褌の感触。若い五郎の体臭と汗の臭いは、きつく臭いたつ。

兄貴とは違う臭い、兄貴とは違う味。

吸えば、褌の布目を通って、五郎の射精したばかりの雄の汁がにじみ出てくる。

「ウーン!!」

失っていた意識が次第に戻ってくるのか、五郎の肉体がモゾモゾと動く。厚い胸板がゆっくり上下し、その度に腹がくぼむ。

「起きたか、五郎!!」

K氏が冷たく言う。

ハッとしたように、上半身を起こす五郎。

「すっすいません、先生。自分は、許しもなく粗相してしまい……」

許しを乞う五郎の顔は、急に幼くなる。そうだ、まだ十八才の若さなのだ。

「おい、お前、いつまでしゃぶっている。立て!!」

五郎を無視してか、K氏は、俺のケツを竹刀でぶっ叩くと、そう言う。しょげかえる五郎を横目に、立ちあがる俺の肉体を、K氏は平手で叩きながら、体検をする。

十一月十六日　その三

五郎の付けていた褌を、俺は締めさせられる。

五郎の汁をたっぷりと吸ったそれは、ヌメヌメと股間にあたる。ケツの割れ目に食い込む程きつく締めあげられた。それだけで、ビンビンにおっ勃ってしまう俺の男根。

五郎は壁に両手をつき、ケツを突き出し、K氏の竹刀に、ケツたぶを打ちすえられている。三十発。ケツたたきが五郎に与えられたつぐないなのだ。肉を打つにぶい音が、既に二十三発を数えている。打ちすえられる度に「先生‼」と言う五郎の声に、秘密の情交を感じる。ピンとおっ勃った五郎の男根から、先走りの露がしたたっている。

十一月十七日

一晩中、ケツを突きまくられて、ヒリヒリとする。

あらゆる恥態で。五郎と絡み合い、互いに互いのケツを突きまくらされたのだ。

汗みどろの肉体と肉体の欲情を、K氏は楽しむ。とどめに、二人並ばされての四つん這い、K氏にケツを突き出し、交互に犯られた。

それだけやりまくったにもかかわらず、朝眼覚めれば、五郎も俺も朝勃ちしているのだ。顔を見合わせて、道場の拭き掃除。

K氏の朝食、給仕するのは五郎、俺は食事するK氏の前で、自慰をさせられる。

「声を出せ、声を…。ムッツリと遊ぶな」

K氏の怒声があびせかけられる。

俺は、俺の発する喘ぎ声に、更に肉体が熱く燃え、とめどなく恥態を晒す。

十一月十八日

兄貴の出張の戻りを待って、四人で横浜へ足を伸ばす。

夜の公園は、うっそうと茂る木立に植え込みが重なり、男達のエリアだと言う。俺と五郎に与えられたものは、バイクサポーター一丁。真新しいそれが、一夜の間に、どれ位汚されるのか。

公園の奥深い木立のもとで、着て来たものは全て脱がされ、ケツ丸出しのサポーター一丁となる。初冬の夜気はしんしんと冷えこみ、俺と五郎の裸体を包みこむ。

手頃な木立に、幹を挟む形で、むかい合わせに立たされる五郎と俺。伸ばされ、幹の向こうで縛られた両手首。俺の視線は五郎の縛り止められた手首が見ているはずだ。さほど太い樹ではない。体をずらせば、五郎の顔も肉体も見える。

「心配するな、毎週のように五郎を連れてきて、こうしてつないでおくのだ」

K氏は言う。

野外でのしごきに、しかし俺の心臓はドクドクとたかなっている。

「読め!!」

K氏がつき出す段ボールを破ったものに書きなぐってある文字。

しごき中、情無用、但し、いたぶり可

K剣友会

段ボール片には針金が通され、俺と五郎の首に掛けられる。そして、白い長布が顔にかけられ眼隠しされると、もはや、何も見えない。野外にいながら、外界と隔絶された不気味さ。

「口を開けろ」

兄貴は言い、そしてさるぐつわが、ギリギリと締めあげられる。肉体の自由もなく、眼と口も自由を奪われほとんど素っ裸に近い肉体を外気に晒して、一体何が始まろうと言うのか。

「楽しみな!!」

そう言って、K氏と兄貴の足音が遠ざかる。五分か十分か、シーンとした時が経過する。時々聞こえるのは、犬の遠吠え、モゾモゾと自由な足で地面をかく、俺と五郎のたてる枯葉の音だ。ハラリと落ちる葉が、肩先をかすめる度、心臓がドキンと波打つ。

やがて、足音が近づく。それは、カサカサと落葉を踏む乾いた音だ。

兄貴か? いや、違う。

その足音は、俺の背後で止まる。首に掛けられた段ボール片の針金がツンと引かれる。読まれている。

その直後、俺の股間にまわされた手が、ムンズと握ってくる。

「ウウッ!!」

俺はなかば恐れに、呻き声をあげ、上半身をのけ反らせる。五郎の息を詰めている緊張が伝わってくる。足音が更に近づいてくるのだ。

しかし、俺はそれどころではない。グリグリと揉みあげられる男根が、ムックリと勃起し始めているのだ。

「勃テロヨ!!」

耳元でささやかれるかすれた声は、兄貴のものでも、K氏のものでもない。

「イイ肉体シテルゼ、兄チャン!!」

ズボンのジッパーが下げられるジジッというかすかな音さえも、鋭敏になった聴覚が感じ取る。

「ウッ!!」

五郎の呻く声、五郎も又、俺同様、誰ともわからぬ男の手で、その肉体を揉まれているのだろうか。

「太テェナ。コチンコチンニナッテキタゼ」

ずり下げられたバイクサポーター。男の手がモロ触りに、俺の男根を握り、二度三度、上下にかきあげる。

「シゴキ中カ。好キニイジクリマワシテクレッテコトカ」

もう一人の男の声。これも兄貴のそれでもなく、K氏のものでもない。

「ケツヲ割ルゼ」

俺の背後で、男の声がそうささやく、と、同時に、俺のケツたぶが男の両の手で、グイッと左右に押しひろげられ…

「ウーッ!!」

俺はのけ反って、男の男根につらぬかれた。

「ケツノ穴ヲ。スボメロ!! アアッ、ヨクシマリヤガル…」

「ウッ…ウッ…ウッ…」

男は腰使いも荒々しく、俺のケツを持ち上げさらにつきあげてくる。前にまわされた手は、俺の男根を握り、剥けきった先っ穂を撫でまわす。先走りの露がヌルヌルと滑りをよくするのか、男のひと撫で毎に、快感がつのってくる。

俺の呻き声に混じり、五郎のそれが聞こえ出す。枯れ葉を踏む音。グチョグチョと湿った音、肌をまさぐる音、更に近づいてくる足音。

「イイゼ、イイゼ、イイゼ」

やがて、俺は男のケツ穴深く、ビシビシとうちすえられる雄の荒吹きを感じた。だが、それで終わったわけではない。男が、その男根を俺のケツからズッと抜き取ると、新しい勃起が侵入してくるのだ。

フと気が付けば、俺と五郎の周囲には、興奮した荒い息づかいが満ちている。ゴクリと唾を飲み込む音がする。見ながら欲情するのか、ジッパーを下げる音がする。

二番目の男が俺の中に果てるや否や、三番目の男が俺の背におおいかぶさる。

一度はずり下げられたバイクサポーターだが、ケツ丸出しの便利さに、再びその前袋に男根は押しこまれている。その中に、俺は、男の手に揉みまくられて、既に一発、雄を射精させられているのだ。

次々に変わる男、もはや何人と数えることもあきらめた。と言うより俺は、顔も名も知らぬこの男達に、犯られまくる状況に酔ってすらいた。ケツの穴一杯にぶちこまれた精液が、混ざりあい、タラタラと脚を伝って流れていく。

サポーターの前袋一杯にタプタプと溜まった俺自身の精液の青臭く濃厚な臭い。全てが夢のような恍惚感の中にあった。

夜が明け初める頃、一人去り二人去っていった男達の気配も既にない。快楽にクタクタとなった俺と五郎のいましめがK氏と兄貴によって解かれる。雄の汁を吸って、黄色くなったバイクサポーターが夜通しの狂乱の証しだ。

俺と五郎が犯られ続ける姿を、兄貴達は見ていたのだ。

「ずいぶんと楽しんでいたじゃないか。自分から腰振っているのが、はっきりとわかるほどにな。」

車のトランクに詰め込まれた俺と五郎。口にはお互いの汚れきったサポーターを詰めこまれ、ガムテープが貼られている。後ろ手に縛られたまま、狭いトランクに素っ裸の肉体を密着させて俺と五郎は運ばれる。

性液のムラムラとする臭いがやけにきつい。

十一月二十五日

隆之のビデオを、兄貴と見る。

高校から続けていた体操は、県大会にも出たと言う。背の高さはさほどでもないが、全身についた筋肉の見事さ。鮮明な画像が、ひとつひとつの筋肉のよじりまでくっきりと写している。

床の上に寝転ぶと、両脚を頭の方へ持ち上げ、曲げていく隆之。既に勃起した男根が、重たげに両脚のつけ根まで、ピンと堅くいきり勃っている。ゆっくりと、ゆっくりと、二つに折られていく肉体。やがて、両足の爪先が、頭を越え、床につく。全身にネットリ浮いた汗がツツっと脇腹を伝う。

天井に向いたケツの穴に、直径四センチ程のろうそくが、ギリギリとねじりこまれていく。顔をしかめる隆之。だが、二センチ三センチとろうそくは、隆之のケツを割り、既に十五センチ以上が、ぶち込まれている。しっかりとケツの穴にくわえこんだのを、確める手がうつる。T氏の手だと兄貴が言う。T氏の手は、右に左にろうそくをゆすり、それが肉壁にみっちりとくいこんで離れないのをうつし出す。

そして点火。

肉の燭台に、照明は暗くなり、ろうそくの光の輪の中に浮かびあがる隆之の裸体。

隆之は、首を曲げて頭をおこすと、自分の勃起した男根を、舌を伸ばしてペロペロと舐(な)めるのだ。

「うまいか、隆之!!」

T氏の声が漏れる。

隆之の肉体が更に曲げられ、不自由な首が更に頭をもたげる。唇を開いた隆之は、己の男根をくわえていく。

「くわえろ!!」

隆之の肉体がゆらゆらと揺れ始め、隆之の口が、己の男根をこすり始める。

ポタポタとたれるロウが、白い飛沫(しぶき)を隆之の顔に、そして剃りあげられた頭にふりかかる。熱いはずだ。しかし隆之は、己の男根を己の口で自慰することにひたすらである。

双玉に流れたロウが糸状の模様を数条につけて固まっていく。ゆらめくロウソクの炎、湿った音、唇の間から出ては入り、また出る肉棒のヌメリ。

やがて、隆之は、心持ち肉体を開き、男根を口から離す。唇と男根の間、三センチ。大きく口を開いた隆之の口の中めがけて、白い粘膜がビュビュッと飛ぶ。

発射を撮らせると、また粘液を飛ばし続ける男根を、隆之は再びくわえるのだ。

喉仏がゴクリと上下し、己で導いた汁を飲み干す隆之。

十二月一日

師走の初めの日、冬晴れの日射しが、ガラス窓ごしに、部屋の中へ挿し込む。

兄貴と暮らし始めて、はや二ヶ月になろうとしている。

持ちあげていたバーベルを置き、つくづくと自分の肉体を見つめる。日々のトレーニングで、一段と筋肉がついた肉体がそこにある。冬だと言うのに、よく日に焼けた浅黒い肉体がそこにある。兄貴に責められるたびに、この肉体が、毛穴の一つ一つまで快感におののき、もっともっととせがむのだ。

二ヶ月の日々が、俺の肉体についた筋肉の厚みが、兄貴なしではいられない俺を作りあげてきた。

午後四時二十三分。

やがて兄貴が帰ってくる。そう思うだけで堅く勃起していく俺の男根。

バーベルを再び握る。

ゆっくり胸までひきあげる。

時を刻む時計の音が、次第に大きくなる…。

十二月十三日

俺の眼の前で、兄貴は、街で拾ってきた高校生を抱く。

兄貴好みの筋肉質の肉体は、逆三角形の上半身とひきしまったケツが、既に男のそれだ。ためらいなく脱ぎ捨てた学生服が床に散乱し、股間の半剥けの男根は、既にいきり勃っている。俺の見ていることを承知の上で、兄貴の手に、股間をすりつけていくこれみよがしの挑発が露骨だ。

俺は、椅子に大股開きの格好で坐らされ、両腕は縄で椅子の脚にきりきりと縛られ、固定されている。両腕は、背にまわされ、手出しできぬままこれも又縛りあげられている。口に貼られたガムテープは、ぴったりと唇をふさぎ、声も出ない。勿論、素っ裸に、股間の男根はあからさまに、高校生の眼に入る。

「毛、剃られてやがる、こいつ……、ツルツルの股間が、やたらひわいだな」

「あとで、さわらせてやる」

そう言いながら兄貴の太い腕が、高校生の腰にまわり、グイと引き寄せざま、ベッドに転がりこむ。あおむけになった高校生の肉体を押さえこむように、兄貴の肉体が重なる。兄貴の広い背中にまわされた高校生の手が、兄貴の背中の肉をくいこませる。

「かわいいな、お前…」

兄貴の唇が、高校生の耳たぶに熱い息を吹きかけ、その首筋に舌を這わせる。眼を閉じ、薄く開いた唇から、甘い吐息を吐く高校生。

見ている俺の股間は、既に痛い程、勃起し先走りの露があふれ出る。ピンと勃った男根を、その露が濡らしていくのだ。

兄貴の唇は、高校生の唇に重なり、こじあけ、舌を中へと侵入させていく、高校生の手は、兄貴の脇腹を撫でまわし、やがて、兄貴の男根を握る。

「はやく、ケツに入れてくれよ、久し振りなんだ。ケツにぶちこまれるの…」

「そうせくな。もうしばらく、お前の肉体の感触を楽しんでからな」

兄貴の手が、高校生の手を握り、それを頭の上に伸ばす。あらわに見える高校生の盛んな腋下の繁み、黒々とした巻き毛の密生から汗の粒が伝い流れる。兄貴は、その繁みに鼻を埋め、深く若い匂いを嗅ぐ。

腋下の繁みを剃りあげられている俺は、軽い嫉妬を覚えさせられる。だが、どうすることもできない俺なのだ、俺の勃起は、一段とすさまじくたかぶる、ベトベトに露に汚れた男根は、更に露をあふれさせ、双玉を濡らし、椅子の上にジンワリと透明な粘液の溜りを広げていく。

兄貴の手が、高校生の男根を撫でる。半剥けだった皮が、なんなく反転し、すっかり剥きおろされたそれは、ニキビ臭く脂っこく光沢をうかべている。

「アァッ！」

高校生の肉体がのけ反る、伸ばされた首の喉の線がピリピリとふるえ、喉仏が上下する。

「何日分、溜めこんでいる？」

「おとといマスかいた、昨日はやってないんだ。もっと激しくいじりまわしてくれよォ」

「生意気な奴だな、要求ばかりしやがって…こうか？　えっ！　こうしていじくりまわしてもらいたいのか？」

先走りの露に手を濡らした兄貴は、高校生の男根を握り、こねくりまわす。

眼の前で繰りひろげられる雄同士の狂宴を手足の自由を奪われ、ただ見つめることのみ許された俺の気持ちを想像してくれ。

俺の肉体は、興奮に熱く燃え、一握りすれば爆発しそうな男根を触れぬもどかしさが、狂うようだ。ピタンピタンと腹を打つ男根は、毛を剃りあげられた肌一面に、露を飛ばす。

そのさまを楽しむつもりか、兄貴は、高校生への愛撫を一段と濃厚にしていく。高校生にとって、初めて見られながらの性戯に、これも又興奮のたかぶりすさまじく喘ぐ声も、今や間断なく、その口からほとばしり出る。

その声が、また、俺の興奮を誘うのだ。

兄貴は、高校生の両脚首を握ると、肉体を折り、高校生のケツを己の眼の前に晒す。そして、谷間に顔を埋め、舐めあげるのだ。ビチャビチャと湿った音が、高校生のもらす喘ぎに混じりあう。

「ケツに、ケツに入れてくれよォ」

たまらず叫ぶ高校生。

Vの字に両脚を開いた、その中央に、兄貴の怒張した男根がぶちこまれる。

「アアッ!!　アアッ!!」

口一杯に開いた高校生の唇の端からヨダレが伝い落ちる。

兄貴の腰がダイナミックに前後する。抜き入れされるギタつく男根の堅さが、視野の中でまぶしい。

胸板を上下させて、快感をとことん享受しつくそうとするかのように、高校生は、兄貴の股間に、己のケツをこすりつけていく。うっすらとういた汗の湿り気に、若くつややかな肉体が、精気を帯びていく。

見つめる俺はもだえ苦しむ。ケツの穴がうづき、ヒクつく、何度となく、生唾を飲みこむ喉仏が上下する。肉体は、欲情に熱く上気し、欲求不満の男根は、股間で暴れまわってやまない。

激しく力強い腰づかいで、高校生を犯りながら、兄貴は、ニヤリと冷たい笑いを浮べて、俺のもだえるさまを見るのだ。

抜かずに三発、兄貴は高校生のケツ奥深く、雄汁をぶっぱなす。ぶちこんだまま、高校生の肉体を自在に操り、四つん這いにし、百八十度回転させ、膝の上に乗せ、その間、あいている手は巧みに高校生の性感をたかぶらせるかのように、その肉体を撫で、つまみ、叩き、揉んだ。

しなやかな筋肉をしならせ、高校生もまた、あらゆる肢体で快感を貪る。トコロ天で発射した高校生の男根は、少しも萎える兆しもなく、怒張し続けるのだ。

青臭い、濃厚な雄の臭気が、部屋一杯に充満している。

やがて、荒い息に胸板を上下させる高校生の肉体から、その男根を抜き取る兄貴。ベッドの上に大の字になったまま、高校生は、快感に身をゆだねて動くのもかったるいかのように、眼を閉じて横たわっている。

兄貴は、ベッドから降りると、俺の前に立ちはだかる。三発出したのにもかかわらず、その男根は、一向、衰えるそぶりもなく、兄貴は、俺の口に貼りついていたガムテープを荒々しく一気に引きはがすと言った。

「しゃぶれ!!」

俺は首を突き出し、今しがたまで、あの高校生のケツのひだをこそぎまくっていたヌラヌラとしたそれに、舌を絡ませ、俺はねぶりまわす。

「そいつ、兄貴の言うことなら、何でもやるんだね」

高校生は、上半身を起こして、こちらを凝視(ぎょうし)している。

「お前のケツも汚れているだろう、こいつに舐めさせて、もれ出た俺の汁をぬぐっておけ。俺はシャワー、浴びてくるからな」

兄貴はそう言うと、俺の口から男根を引きずり出し、浴室へと消えた。

「あらためて見ると、お前、いい肉体してるじゃん」

高校生はベッドから降り、俺の前にくると、俺の胸板の厚味を確めるかのように、手で揉む。

「ほら、舐めさせてやるよ、好きなんだろ、ケツの味が」

そして、高校生は、後ろ向きになり、俺の鼻面に、そのケツを突き出す。スッと割れた谷間には、固く黒い短い毛が、生えかけ、その毛にこびりついている兄貴の汁の白さが、トロリと穴から流れ出ている。

「舐めて、きれいにしな」

俺は、舌を突き出し、舐めあげるしかない。その青匂く、生臭いすえた匂い。舌先をザラザラと刺激する谷間の短い毛の感触。

やがて、シャワーを浴びて戻ってきた兄貴と高校生の見ている前で、俺は、自慰を命じられた。見る立場から見られる立場への変化。興奮しきっていた俺の男根は、これ以上、勃起できぬ程、堅く太くそそり勃っている。

「ケツの穴に指、つっこんでみろ」

「よし、出し入れしろ」

「三本とも入れろ」

「かけ!!」

「いきそうか?」

「ウッス!!」

「手を離せ、まだ、いかせないぜ。よく見てみろ、爆発直前のたかぶりきったサオを…」

三十分近く、こうして焦らされた俺の肉体は、もうメロメロに発情しきっていた。

「握ってやれよ、もうひと握りでビュビュッと射精するぞ」

兄貴は、高校生に促す。ニヤニヤしながら高校生は、俺の前にしゃがむ。

俺は椅子に腰かけたまま、両脚を挙げ、Vの字に股をおっ開げる。高校生の手が、俺の股間に伸び…。その瞬間、俺は肉体を硬直させ、汁をぶっ飛ばした。

赤く熟れきった先っ穂は、ジーンと痺(しび)れ、せつないほどの快感が、全身をかけめぐる。白濁した粘液の固まりが、幾度となく宙にはじけ飛び、俺の胸板から腹に飛沫となって散った。

十二月 十四日

午後七時すぎ頃から、雨は次第に激しさを増し、季節外れの嵐じみてきた。

K氏、例の兄貴の友人だ、そのK氏の届け物を持って、五郎がやって来たのが十時にわずか前。ドアを開け、玄関にたたずむ五郎の姿を見た時の俺の驚き。

上半身は、布地を限界まで節約したタンクトップ、雨に濡れ、肌にぴったり貼りついているそれは、五郎の肉体の線をあらわに見せている。グイとせり出した胸の厚さ、乳首の突起、太い筋肉の盛りあがった腕。そして下は、ピチピチのジョギングパンツ一丁、小さすぎるそれに、無理矢理入れた肉体で、パンパンだ。濡れた布が、中身を透かせ、五郎の男根がそれとわかる形を見せている。根っ子をゴムで巻きあげられているそれはギンギンにおっ勃ち、ヘソに向って、ニョッキリとのびている。

この冷雨の中、人通りはまばらとは言え、まだ帰宅を急ぐ人の眼の中で、あまりに季節外れの格好で走ってきたであろう五郎は、俺の顔を見て、ホッと安堵の表情を見せた。全身ずぶ濡れの雨滴が、しかし、その逞しく鍛えあげられた筋肉質の肉体には、一向構わないかのように見える。

モヤモヤとたち登る湯気は、走りっぱなしに走ってきた五郎の体温の高さを証明する。

「あと4軒まわらなければならないんす」

兄貴にK氏の届け物を渡すと五郎は、また雨の中へ走り出して行った。

気温の低下と供に、白いものさえ混ざり始めていた。

五郎が届けてきたのは、寒稽古のビデオだった。今度の寒稽古は六人の友人のそれぞれ所有している雄どもを、ひきつれて行ってはどうかという提案であり、ビデオは、昨年の五郎の寒稽古を映したものと言う。

兄貴と二人で、五郎のビデオを見る。

五郎の寒稽古

一面雪に埋もれた山中の河原がある。画面にはうつっていないが、エイと雄叫んでいるのは、五郎の声だ。

雪中に、五郎がうつし出される。素振りをする五郎は、素っ裸だ。寒さの為か、激しい素振りの連続の為か、赤く染まった肉体が、あますところなく映される。吐く息が、宙に白く凝結する。側にたたずむK氏は、紺色の胴着を身にまとい、片手に竹刀を持っている。そして、少しでも五郎が力を抜くと思われれば、すかさず、ゴンと振りあげられた竹刀が、五郎の剥き出しのケツや、太股を打ちすえる。

近づけば、五郎の全身からモヤモヤと湯気がたち、汗が流れていくのがわかる。

竹刀を振りおろすたび、振りあげるたび、五郎の股間の剥けきった男根が、右に左に揺れる。萎えるぶざまを許さぬK氏なのだ、ピンと勃った男根は、逞しくふてぶてしいまでに勃っている。

百本の素振りの後、五郎は防具を、作法に従って身につける。垂れ、胴、籠手、面。胴着を身につけることはなく、それらは素肌の肉体に、そのままつけられる。下半身を隠す袴もないため、背後から見れば背もケツも丸見えだ。垂れを押し上げるのは、勃起した男根か。作法通りに礼をし、K氏と向い合う五郎。たちまち激しい竹刀のぶつかりあう音。

「メーン‼」

と振り降ろされたK氏の竹刀が、五郎の頭を打ち、よろける五郎。

「コテ、コテ、コテ」

と三本とられ、体勢をたて直す間もなく、

「ドーッ」

と入った竹刀に、五郎の肉体は、雪中に転がる。

両足が上向きに開き、ケツの穴が丸見えだ。機敏に立ちあがる五郎が、ウォーッと雄叫びをあげて、K氏の胴を打つ。K氏の三本に一本の割で、五郎も打ちかえすのだが、技量的にはK氏の方が上なのだ。

一打一打が、十分な反応をもって、的確に五郎の肉体を打つ。転がるたびに雪が五郎の防具と言わず、肉体と言わず、白くこびりつく。河原という足場の悪さに、雪の冷たさが加わり、五郎の肉体は疲労の影が濃くなる。

やがて、K氏の打ち込みに、五郎は、ドッと雪上に倒れる。あお向けになった五郎の垂れが、K氏の竹刀にめくりあげられると、幾分力を失った五郎の男根が曝け出される。

その男根を、K氏は足で踏みしだく。

雪にまぶされ、たちまち怒張していく。

「立て!!」

気合いを入れられて、五郎は、再び竹刀を構え、再び、K氏の竹刀に打ちこまれる。その繰り返しが果てしなく続くのだ。

やがて、竹刀を交差させ、礼に終わる頃、上気した五郎の全身からは、モヤモヤと盛んな湯気がたちのぼっていた。防具を取り片付けられた五郎は、両腕を頭の後ろに組み、K氏に向ってケツを突き出す。

「先生!!　お願いします」

気合いの入れようが足りなかったゆえに、K氏の竹刀は、五郎のケツを打ちすえる。

バシッ!!　バシッ!!

肉を打つにぶい音と共に、五郎のケツに赤い筋がふくれあがっていく。雪の白さに、ケツに刻印されていく赤が、やけにあざやかだ。十発を越えると、さすがの五郎の顔にも、苦痛の表情が浮かぶ。

キッと唇を横一文字に噛み、必死に耐える五郎は、しかし、こうして見る者にとってはむしろ潔いすがすがしさすら覚えさせられる。

「どうだ、お前も五郎のようにやられたいか。こんなに堅くおっ勃てやがって…」

兄貴の手が、ビデオを見つめる俺の股間をまさぐる。

十二月十七日

大鏡にうつった俺の裸体。

兄貴のいない午後三時。一人、自慰にふける。

毎日の肉体鍛錬に、一段と筋肉がつき、腕を軽く曲げるだけで、もっこりと盛りあがる二の腕の筋肉のパンパンに張った力こぶ。胸板は更に厚く、くっきりと段を作り、腹筋の波打つ腰へと続く。

ひと撫ですれば、たちまち勃起する男根。キリキリと根元を堅くし、むっくりと頭をもたげ、やがて、ビンと宙へ反りあがる。

洗濯せずにとっておいた兄貴の汚れたブリーフは、兄貴の体臭がこってりと染みこみ、その前袋を鼻につけて、深く息を吸いこむ。

「アニキィ!!」

片手でブリーフを鼻にあて、片手は男根を握り、ゆっくりと上下させる。鏡にうつった俺の裸体を見つめながら、自慰にふける。先走りの露で、手のひらは既にネチョネチョだ。

「アニキ、アニキ、アニキ!!」

大声で呼びながら、俺の手は、兄貴の手となり、俺自身を犯す。次第にはやまる手の動き、ケツの肉がピリピリと小刻みに震える。

「アアッ!! アニキ、イッ、イク!!」

鏡面に、ザザッとふりかかる白濁した汁がゆっくりと下へ向ってたれていく。白い筋が幾条にもついて、まだらになった鏡の中で、俺の裸体がくずおれていく。

十二月 十八日

秘密にしておいた自慰が、兄貴にバレた。

「お前、俺の許しなく、勝手にマスをかいたんだな。こいつが言うこと利かなったぐらいじゃ、すまされないんだぜ」

兄貴は、俺の男根をわし掴(づか)みにし、潰れろといわんばかりに、握りしめ、地下室へと引きずっていく。

「穿きな」

放り投げられたのは生のゴムのパンツ。小さすぎるそれに、俺は無理矢理ケツを押しこむ。ピチピチに肉へへばりついた生ゴムのパンツは、俺の男根をひどく圧迫してやまない。

壁に下がった鉄の鎖の先には、手首につける手枷がついている。両手を頭上に、万才の形にあげさせられた俺は、両手をきつくいましめる鉄の冷たい手枷をはめられるのだ。鎖の長さは調節自在で、伸ばせば、床にケツをつけられる。だが今、それは最限まで引きあげられ、俺は、伸びるだけ伸ばした直立不動の姿で、放置されようとしている。

冷たいコンクリートの壁が、裸の背中にあたる。

「お前が、俺の許しもなくとばした汁の分だけ、玉に溜まるまで、こうしてサオを触らせないでやる」

そう言うと、兄貴は、電気のスイッチを切り、真っ暗闇の中へ、俺を一人とりのこして上へあがってしまう。四畳半ほどの狭い地下室の、一寸先も見えぬ暗闇の中で、俺は俺に課せられた罰を、俺のこの肉体であがなわなければならない。

毎夜のように兄貴にまさぐられ、雄を射精していたこの肉体が、今にしてみれば、むしろうらめしい。肉体に触れられる快感を知ってしまった俺なのだ。一指もふれられぬことに、心の中に開いた空しさに、俺は身震いする思いだった。

コンクリートの床に俺の肉体を支える足の裏から、背中から、冷たさが、しんしんと這いのぼってくる。

時間のない世界、静寂だけが肉体をおしつつむ。

やがて、その冷たさが、俺に尿意を催おさせる。

「兄貴!! 兄貴!!」

声を立てるが、階段を下りてきてくれる気配はない。

防音壁の四角い牢獄。鎖につながれた両手を振れば、ジャラジャラと冷たい音だけが、こだまする。

「兄貴!!　もっもっちまう。もっちまうよお」

家具一つなく、ただ四角いだけの闇の空間、俺と向き合う壁に張られた姿見も、今は何も見えない。

「もっちまうよお」

俺は肉体をくねらせ、必死に耐える。伸ばされきった肉体を、しかし、それ以上動かすことはできない。脂汗をうかべ、歯をくいしばり、顔を青くし、赤くし、俺は、兄貴の姿だけを希求する。

だが、それも限度がある。

「ウウッ!!」

息が抜けた一瞬、股間のそれはタラタラと黄水をにじませ、一度せきを切られた時それを止めようもなく、俺はもらし続けた。生暖かい黄水が、生ゴムのパンツにあふれていく。しかし、きついゴムが、肉にきりきりとくいこんだゴムが、黄水を生ゴムのパンツから外へたらす量はほんのわずかだった。

生ゴムはおしめとなった。俺の黄水を俺の股間に溜めこむのだ。濡れたケツ、濡れた男根、濡れた股、やに生暖かい温度の水分が、俺を悩ます。

その夜、ついに兄貴は現れなかった。俺は股間を黄水でビッチョリに汚しながら、一晩をすごしたのだ。

立ったままとは言え、それでもわずかにウトウトしたらしい。頬に、兄貴の平手がビンタをくれて、俺は眼ざめたのだから。

十二月 十九日

「朝食だ、食え」

兄貴は、鎖をゆるめ、俺の手を下におろすと、俺に朝食を食わせる。

あらゆるものを、ケチャケチャに混ぜた食事だ。一体何を食わされるのかもわからない。まして、この異常な一夜を過した後、俺は貪り食うしかなかった。

「兄貴、許して下さい。生ゴムのパンツを脱がして下さい」

俺の哀願を無視して、兄貴は言うのだ。

「昼食は抜きだからな、たっぷりと食っとけ」

そして、食後に牛乳をいやと言う程飲まされた俺は、再び、闇の中だ。

兄貴は仕事に出掛けて行った。

その長い午前と午後、俺はつのりくる排泄感と闘い、そして負けた。生ゴムのパンツの中で、今や、ドロドロに溶けた汚物が、俺の肌にこびりつき、溜まっている。

一度汚れれば、もう何のためらいもない。俺は、もよおせばその要求通りに、もらし、たらすのだ。臭気が、部屋に充ち、いつしか、それすら気にならなくなっていた。だが、肉体を動かすたびに、グチョグチョと動く股間の汚物は、いつまでも、俺をなぶるかのように不快だった。

十二月二十日

夜。

これで三日、俺は地下室に鎖でつながれ、股間を汚物で汚し、風呂にも入れず、シャワーすら浴びさせてもらっていない。昼食抜きの空腹が、夕食を貪りくらうこととなり、俺は、次第に理性などと言うのもが何の役にも立たぬことを知り始めていた。

食い、たらし、眠る、その繰り返しだ。

そして股間の男根は、絶えず勃起し、しぼみ、勃起していた。

兄貴が姿を見せるたびに、その手が、俺の剥き出しの肉体を撫で、股間以外の性感帯を刺激するのだ。

剃り上げられない頭を腋下も股間も、チクチクと黒々とした堅い毛先が、びっしりと伸び始めていた。唇の上は、既に薄黒い髭の影になっていた。鏡の中にうつる俺は、眼だけが、ギラギラと鋭く燃え、野獣のような印象を与える。

汚れた肉体からは、濃厚な、脂ぎった雄の体臭がムレムレと発酵し、部屋はムッとする程雄臭さが充満している。カンカンに勃起した男根は、萎えている時間の方が短くなっている。その肉棒が、生ゴムのパンツの中で、俺の出した汚物をかきまぜているのだ。

その夜、兄貴は、例の高校生と共に姿を現わした。

「ウッ‼　臭せえ、豚小屋みてぇだな」

高校生は入りざまにそう言った。

兄貴が電気のスイッチを入れる、パッと一時に眩しい光が部屋にあふれ、俺は眼をしかめる。

「なんだ、豚がいたのか」

高校生は、俺のぶざまな姿を見、笑いころげる。

「筋肉豚‼　よぉ、元気か」

高校生は、今しがたまで、兄貴に抱かれていたのか、ブルーのビキニパンツ一丁の裸体で、俺の前に立ち、俺の肉体を、睨めまわす。

そのさまをニヤニヤしながら見ている兄貴。

俺の勃起した男根が、高校生の視線の中で、あらわだ。

「この筋肉豚は、エロ豚だぜ、えげつねえくらいおっ勃ててやがる」

そう言いながら、高校生は指先で、俺のゴムのパンツごしに、男根をツンツンとこずく。

ああ、その刺激だけで、俺は喘ぐ。ネトネトとした絡みつく汚物の中で、男根だけが、やけに生々しくいきり勃ち続けるのだ。

高校生は俺の頭に両手をそえると、ひき寄せ、俺の唇に、その唇を押しつけてくる。

久振りの生の唇の感触、俺は貪りつく、両腕は万才の形のままの不自由だが、唇は、唇を求めてやまない。

高校生の舌を吸い、吸われ、唾液が混ざり合う。鼓動が熱くたぎる。

「筋肉豚‼　たまらなく雄臭えよ、このヌルヌルした、脂ぎった肉体。兄貴の言う通りだ。お前、この前より、ずっとセクシーだぜ」

高校生が言う。

「こいつが、また、お前のおっ勃ちざまをナマで見たいと言うからな」

と兄貴。

その手に握られているのはナイフだ。兄貴は、ナイフの刃を俺の生ゴムのパンツの脇にねじり込むと、一気に切り裂く。ブツンという音と共に、生ゴムのパンツははじけ、ドロドロとした黄濁の汚物があふれ出、俺の太股をダラダラと伝い、ポタポタと床に落ちる。

「くっ、臭せえ!!」

高校生が露骨なしかめ面をする。

恥辱が、俺の頬を赤く染める。

だが、俺の意思に反して、俺の股間には黄濁のドロドロにすっかりまみれた男根が、ニョッキリと勃っているのだ。

高校生はまじまじとその勃起ざまを観察する。

「三日分の汁が溜りに溜まっているのだ。どうだ、このエロザオは…」

兄貴は、高校生を背後から抱きかかえながら言う。その手は、高校生のブリーフの中へさしこまれ、ゆっくりと揉んでいる。

「興奮するぜ、兄貴、この筋肉豚を、兄貴は豚なみに扱うんだ、こんなごつい、いい肉体を、好き勝手にできるなんて……」

俺は、身もだえる。触って欲しくて、肉体がカッカと燃えちまっている、握って欲しいさすって欲しい、つまんで欲しい。

「あぁ兄貴、許して下さい。俺、俺、なんでもやります。だから、俺のサオ、どうにかして下さい」

俺の哀願を楽しむ兄貴。

触ってくれと言ってるぜ、ほら、こうして握って揉んでもらいたいとよ。兄貴は、高校生のブリーフをずり下げ、中からニョキッと突き出た男根を、撫でながら言う。兄貴の握った指の輪から、高校生の剥けおろされた男根の先っ穂が、出たり入ったりを繰りかえす。

高校生は、眉間をせつなげに寄せ、薄く開いた唇から、すすり泣くような甘い声をあげ始める。サヤサヤと音をたてるのは、黒々と絡みあって、高校生の股間を飾る毛だ。

「ああっ!! いっ、いい!! いいよ!! 肉体がとろけそうだ」

高校生が、かすれた声で言う。

たちまち、高校生は絶頂に達する。

ビュッと飛び出した汁が、俺の肉体にふりかかる。俺の胸板を、腹を、汚れきった股間を、白い飛沫が飛び散った。

兄貴に支えられて、ようやく立っている高校生。

兄貴は、ブリーフをあげ、股間をその中へとしまっている。

青いブリーフの布目にじんわりと広がっていく染みは、男根の残り汁に違いない。

「兄貴、俺のも、俺のも犯って下さい、頼んます。俺、俺、もう気が狂いそうだ。出したくて、出したくて、肉体がもだえるんすよ」

「ダメだ、罰は罰だ、もう一晩、クソにまみれて寝ろ」

兄貴の冷たい拒絶。

後悔がフツフツとこみあげてくる。もう二度と、自慰はしない。俺は残酷なやり方で、兄貴に調教されていることにすら気づかない程、この肉体の欲情のたかぶりに喘ぐのだった。

十二月二十一日

引かれたホースの先を、兄貴は潰し、水流の勢いを増加させる。

ほとばしる水は、俺の肉体に叩きつけられるような衝撃と共に、俺の下半身の汚れを洗い流していく。冷たいという感触も既にない。ジーンと痺れるような痛みすらない。真冬の裏庭に連れ出された俺は、全裸のまま、兄貴の命ずるままに、股を開き、ケツを突き出し、両手で、己の下半身の汚れをこそげ落とす。

短くチクチクと伸びた股間の毛先が、指先にザラザラとした感触を与える。濡れそぼった下半身を晒した俺の、肉体に染みついた臭いが、なかなかとれそうにない。脂ぎった肉体は、水滴をはじき、ツツッと伝い落ちていく。

高い塀に囲まれて、外部との交渉を断たれた裏庭には、俺の肉体をいたぶる種々の道具が並べられている。

その一つの木製の晒し台に、兄貴は、俺の四股を繋ぐ。

あお向けに寝た俺の両手両足首が、鉄の固定くいに縛られれば、大の字の俺の肉体は無防備だ。口にほおばされたのは、兄貴の汚れきったブリーフ。その上からガムテープが貼られる。

「俺に隠れてコソコソとサオいじりをすると、どういうことになるのか、この際、とことん肉体に教えこんでやる」

兄貴は、細紐をしごきながら言う。

「全てが、このサオのせいだからな」

そう言いながら、兄貴は指先で、俺の男根をつまみ、寒さにかじかんでいるそれを、ムックリと起こす。

根っ子に巻かれる細紐。たちどころに、俺の男根は雄々しく勃起する。

兄貴は、細紐の一方の端を、俺の頭上に三メートルの高さに、横にかけられた鉄棒にひっかけ、垂らす。そして、その細紐へ重りが吊り下げられていくのだ。

一つ、二つ、三つ。

ピンと張った細紐によって、俺はキンツリの責め苦にあえぐ。

「ウーっ!! ウーっ!!」

呻き声は、しかし、ガムテープ越しのかすかな音にしかならない。

四つ、五つ、
苦痛に俺はケツを浮かせ、弓なりに反った苦しい姿勢を余儀なくさせられる。赤黒く色を変えていく俺の男根、脂汗がにじみ出た裸体。これ以上伸びきれぬ程伸びた男根が、妙に生々しく、俺の股間を引っ張る。ひきつるような痛みが、ツーンと脳天をかけめぐる。

兄貴は、太い皮ベルトを二つ折りにすると、そのベルトで俺の腹面を打ちすえるのだ。

バシッ!! バシッ!!

熱い痛みに、肉体をよじれば、男根のつけ根にひきつるような激痛が走る。俺は、兄貴に鞭打たれることを、そのまま受け入れねばならぬ。全くの無防備の胸板を、ベルトが赤い筋をつける。

バシッ!! バシッ!! バシッ!!

肉を打つ音の小気味よさを兄貴は楽しむ。重りがジャラジャラとぶつかり合う音が、響く。

兄貴は、数発打ちすえると、今度は、俺の肉体をまさぐり、肉の感触を楽しむ。快感が肉体に広がれば、勃起した男根が脹(ふく)らみ、細紐が更に肉にくいこんでくる。

「ウーッ、ウーッ!!」

口の中一杯にほおばらされた兄貴のブリーフが唾液に濡れ、兄貴の匂いをひろげていく。

兄貴の指が俺の乳首をつまみ、グリグリとこねまわす。乳首すら勃つ。ピンと伸びきった男根の腹を、兄貴の指が撫であげる。

そして、ベルトの乱打。

俺は次第に、俺の肉体が、別の世界でもだえまくっているのに気付く。胸板を斜めに赤い筋をつけるベルトの一打に恍惚とし、脇腹をさすりあげる兄貴の手に、欲情していくこの肉体。ズキズキと脈打つ男根は、もはや限界まで勃起している。

「どうだ、嬉しいか」

頷く俺。意識の底で、ジーンと痺れるような快感がうずいている。

そんな俺のさまを確めると、兄貴は、俺のおっ広げた股間に立ち、俺のケツ穴をさぐる。そして、指先を一本、二本、三本と入れてくるのだ。

俺のケツは、兄貴の指をぶちこまれ久々の充実感に酔っている。

だが、三本の指は、更に四本、五本と加わり、兄貴の押し込んでくる力はいささかも弱まらない。

「グッ!!」

俺はその時、初めて苦痛を感じた。

兄貴の手は、俺のケツ穴を割り、じわじわと侵入してくるのだ。

キチキチに開けきった肉の裂け目は、今や兄貴の拳を受け入れていく。肉体を、避けようとずりあげるにも限界がある。足首を固定した鉄くいが、既に俺の動きを封じてしまった。

「ウグッ!!」

俺のケツ一杯に、兄貴の手は、その手首までぶちこみ、肘近くまで、兄貴は、その太い腕を俺の秘口の奥深く埋没させた。

「熱く滾(たぎ)ってるぜ。お前の肉体の芯が…」

俺の肉体の芯で、ヌクヌクと動く兄貴の手、その刺激と共に、俺の男根は、四日ぶりのこすりあげに、堅さを増していく。

「さあ、ひとつ盛大にいこうぜ。溜まりきっているんだろ!! 思いっきりぶっぱなしな」

兄貴が言うと、兄貴の手は俺のそれをムンズと握り、シャカシャカとしごきまくる。

俺は、肉体の中の全てが、その一点から吹きあげるような爆射をやりまくった。ケツの中で、兄貴の手が暴れ、その刺激で俺は幾度となく絶頂に達した。やがて、その絶頂の極みの中で、俺は失神したらしい。

気がつけば、俺は、兄貴のベッドの中にいる。兄貴に抱かれながら……。

「よく、頑張ったな、俺の可愛い奴‼」

兄貴が言う。

もちろん俺は、その言葉の終わるか終わらぬうちに、兄貴にしがみついていった。

初出　「さぶ」一九八七年一月号、三月号

大きなラッパをぶっぱなせ

第一章　命令

喬平に、小包を郵送する。この小包が喬平の下宿に届く頃には、あいつももう戻っているに違いない。

十日間の山中での、ラグビー強化合宿。しごきあげられて、一段と男臭くなって帰ってくるだろう。合宿から戻る度に、喬平の若い体は、より逞(たくま)しく、強靭(きょうじん)になる。骨太のがっしりとした体に、筋肉がグリグリと躍動し、むっちりと肉付きの良い体も、決して太っているとは感じさせない。ろくに風呂にも入れないしごきの連日で、汗臭い体が、更に臭い。

そんな喬平を抱く。後輩の佐々には、しごけるだけしごくように言ってある。ただ、マスだけは、かかせるな。喬平の体は、俺のものだ。

十日間、溜まりに溜まった精液を、キンタマにたっぷり溜め込んで、喬平は帰ってくる。ちょいと撫でてやれば、喬平の男根は、ビビンとおっ勃つに違いない。

喬平が留守の間、俺は、伸介という高校三年のニキビ臭い野郎を、俺の部屋に連れ込んだ。真新しいビキニブリーフを一枚、そいつを伸介に一週間穿(は)かせ続けた。脂分の分泌の激しい時期だ。一日で、股のつけ根、腰まわりのゴム部が、薄茶けて汚れた。

伸介のおふくろは、穿いてもいないブリーフを洗濯し、伸介は一枚のブリーフを一週間穿き続ける。

「うんと汚せ!!」

その言葉通り、伸介は、毎晩俺に抱かれる度に、最低三発は、そのビキニブリーフの中で爆発させせられた。

勿論(もちろん)、若い盛りの奴のことだ。勝手にオナることもある。その折りも、俺の言いつけ通りビキニブリーフの中に射精するのだ。

一週間後、ビキニブリーフは完全に変色し鼻をつまむ程の強烈な雄の臭気を発散する。わけても、前袋から尻のあたりにかけて、ベットリと黄土色に精液がへばりつき、ゴワゴワに乾いている。

精液のノリの効果で、脱がせると、ビキニブリーフの前部は、もっこりと伸介の男根の形に張りぼてのように脹(ふく)らんでいる。

一週間目、俺は伸介の男根に最後の務めをさせた。すなわち、カスカスになるまで、ブリーフに射精させ続け、最後の一発を抜いた直後に、ビニール袋にそれを入れ、密閉したのだ。

そのビニール袋は、小包となり、喬平のもとへと郵送される。

仲介の射精で、ベトベトに汚れたビキニブリーフは、だから、半乾きの状態で、喬平のもとに届くだろう。

連日のしごきで、クタクタに疲れきって帰ってくる喬平は、汗臭いトレーナーを脱ぐのもおっくうがって、その日は昼過ぎまで、熟睡するに違いない。

若い喬平の肉体は、一晩寝れば、元に戻る。そして届いた俺の小包み。

その中には、簡単な俺のメモが、走り書きされて、入っている。

曰わく……


今夜、七時、俺の部屋で待っている。十日分の汗を絞ってやる。

以下の点、命令する。
一、下宿にて、真っ裸になり、同封の細紐にて、キンタマを縛りあげてくること。根元をきりきりに縛り、タマを一つ一つ分けて、タマの皮が、ツルツルになるよう、縛りわける。勿論、充分おっ勃てた状態で、縛ること。
二、同封のビニール袋の内のビキニブリーフを穿くこと。これは、ある高校生に、一週間穿かせ続けたものだ。奴の精液を、何度となく射精させたものであるから、お前好みの臭気が染みついているはずだ。
但し、臭いを嗅いで、オナることは禁ずる。おっ勃った、お前のチンボコには、小さすぎるだろうが、無理矢理詰め込んで来い。

三、合宿中、着ていたトレーナーを着て来ること。たぶん、トレーナーの前が勃起したチンボコの形をあらわに見せるだろうが、同封のビキニブリーフ以外は下につけるな。

そのままの形を、見てもらいながらバスに乗れ。勿論、手ぶらで来い。座るな。吊り革につかまって、座っている奴に、存分に股間の勃起を見せろ。

体格のよさで、衆人の中でも、かなり目立つ喬平なのだ。汗臭い、薄汚れたトレーナーは、人の眼を集めるに違いない。

尚かつ、股間の、明らかに勃起したさまは喬平にとって、何より恥かしいことになるだろう。だが、俺の命令は至上だ。例え、俺の眼がなくとも、喬平は、言われた通りしなければならない。

十一月二十二日、今日、喬平は帰ってくる。あのむっちりとした、男臭い体に精液をたっぷり溜め込んで……。

佐々から電話が入る。約束通り、喬平のチンボコには、誰もさわらせていないと…。

第二章　体臭

マンションのドアを開けた瞬間、俺の体に飛びついてきた男の臭い。喬平だ。

ガシッとぶ厚い肉のぶつかり合う音と感触。ムッと汗臭い臭気が、俺の鼻腔にまとわりついてくる。

「あっ、あにきぃ!!」

声も興奮にうわずって、喬平が、俺の体にしがみついてくる。

久しぶりに嗅ぐ喬平の体臭は、日なた臭く熱い。十一月の寒空に、薄いトレーナーひとつで充分な喬平の肉の若さを、俺は感じる。

「ちゃんと、挨拶しろ!!」

俺は、俺の首にまわされた喬平の太い腕をふりほどくと、冷ややかに言う。

俺がSで、喬平がM、そいつが俺達の関係なのだ。

喬平は、あわてて玄関の床に、そのデカい体をうずくまらせる。両手両足を床につけ、額を床すれすれまで下げる。

「う押忍!!」

喬平は、うなるような低い声で、俺に挨拶する。俺が社会人になった今も、俺と喬平は、先輩後輩なのだ。俺自身、俺の部屋では、喬平に後輩の礼をとらせることを好む。

俺の眼下に、喬平の広い背が窮屈(きゅうくつ)そうに丸められている。肩の筋肉がモリモリと隆起し、背骨の突起が首筋に浮かぶ。

短く刈り上げた喬平の頭に、俺は靴のまま足をかけ、グイグイと踏んでやる。

「あにきぃ、オレ、嬉しいっす」

苦しげな声も、喬平にとっては喜びなのだ。筋骨隆々とした喬平の体を、俺は足一つで自由にできる。そのことが、俺を満足させるのだ。

靴の底にこびりついた泥を、俺は喬平の頭髪でこそぎ落とす。

「十日ぶりだな」

「う押忍っ」

「ごつくしごかれたか？」

「う押忍、反吐が出る程、メッタクソにやられたっす」

「フン!! 反吐は、何回吐いた」

「六回っす」

「六回だけか。しごき足りないな、エッ!! お前も、そう思うだろう？」

「う。う押忍!! 思うっす」

「思うならメッタクソなどとは言うな」

「う押忍!!」

「今夜は俺が、メッタクソとはどの程度のしごきか、お前の体に教えてやるぜ。どうだ、嬉しいか!!」

「……うっ、嬉しいっす」

その頃には、俺の靴の裏にこびりついていた泥は、ほぼ、喬平の頭になすりつけられ、すっかりきれいになっている。

その間、喬平は黙々と、俺に足蹴にされる儘耐えていた。

「おい!! チンボコには、たっぷり溜め込んで来たろうな」

「う押忍!!」

「よし、それでは、居間で点検してやる。来い」

「う押忍!!」

俺に従いて、喬平は、ようやく立つことを許される。命令通り、薄汚れたトレーナーで喬平はやって来た。

こうして、喬平のそばを歩くと、嫌が上にも喬平の汗臭い体臭が、プンプンする。他の場所で、例えば社内でなど、嗅げば嘔吐を催すようなきつい臭気だ。だが、この部屋ではその臭気が、かえって俺の股間をおっ勃てるから不思議だ。

俺は居間に行くと、カーテンをさっと開ける。ガラスには特殊な加工がしてあって中からは外が丸見えなのだが、外からは内部は見えにくくなっている。喬平には、無論教えてはいない。だから喬平は、俺がカーテンを開けた瞬間から落ち着きがなくなり、チラチラと外に視線を投げる。

俺は、ソファに腰をおろし、平然と、喬平を見上げる。

「こっちに来い、俺の前に立つんだ」

喬平は、心配気な顔をしながらも俺の命令には逆らえない。俺の前に立つ。

「フン!! 汗臭いな。トレーナーの上を脱げよ」

「う、う押忍!!」

喬平は、もじもじしてなかなか脱ごうとしない。

「外が心配か?」

「う押忍!!」

「馬鹿野郎、俺が脱げといったら脱げ!! 野郎のストリップだぜ。向こうの女共が、拍手してくれるぜ」

喬平は、トレーナーの上のジッパーをしぶしぶ降ろす。サーッと左右に分かれていく布の間から、素肌があらわになっていく。肉付きの良いぶ厚い胸の盛り上がり。プクンと黒々とした乳首の突起、それは既に勃起し、小豆粒もの大きさの黒い粒が、左右にツクンと飛び出ていた。

喬平の生の体臭が、部屋一杯に漂う。腰のくびれから、急激に逆三角形にカーブをきった喬平の上半身は、いたるところに筋肉のしこりが盛りあがっている。

腋の多すぎる毛が、太い腕のつけ根から乱雑にはみ出ている。その黒光りする腋毛が喬平の股間を想像させ、やけにヒワイだ。

「向こうのマンションから、こっちを見ているか」

「いっ、いいえ」

「フン!! つまらん。せっかくのストリップなのにな」

「うっ、う押忍!!」

「まあ、いいぜ。そのうち気付いて、見てくれるだろうぜ。楽しみに待ってな」

喬平の頬が、赤くポッと染まる。それがやけに初々しく、女を知らない野郎の、清潔な色気を感じさせる。

第三章　戒め

上半身裸体となった今、喬平の下半身のトレーナーが、やけに目立つ。何度も汗にグッショリと濡れたそれは、シナシナになり、喬平の肌に、ピッチリと貼りついている。

走りまわるラグビーという激しい運動の為、喬平の脚は、筋肉がくっきりと浮き、いかにも堅そうだ。太股の筋肉は、ピリピリに張り、重圧感を与える程ブリブリとしている。

そして、その二つの太股のつけ根は、俺の目の前で、すさまじい程テントを張っている。俺は手を伸ばし、指先で、その部分を、ツンツンと小突いてやる。

「アアッ!!」

喬平は、俺の手と、それで小突かれるトレーナーの股間を、ジッと見降ろす。

「バスの中で、ジロジロ見られたっす。オレ、恥かしくて、恥かしくて…。でも、あにきに言われた通り、ちゃんと立ってたっす」

「前にどんな奴が、坐ってた?」

「中学三年か、高校一年位の学生服が三人、オレの股間をジーッと見て顔を見合わせて、それから又、視線をピッタリあわせて、コソコソ何か耳打ちしてたっす。オレ、平気な顔するのが大変で…」

俺は、喬平の股間をツンツンと小突き続ける。喬平の声はうわずり、しどろもどろになっていく。

頃も良し。俺は、両手で喬平のトレーナーをつかみ、一気にズルッと降ろしてしまう。

「アァッ!!」

ムッとする臭気が、俺の鼻腔にまといつく。

それは、俺が郵送したビキニブリーフの臭いだ。黄土色に染まった、白かったブリーフ。それは喬平の肉に、みっちりと食い込むように股間を締めつけている。

もともと、伸介が穿いて丁度良かったブリーフなのだ。体の出来た喬平には、小さすぎる。だから、ピチピチに張りきった布が、ここぞとばかりに喬平の肉に食い込むのは当然だ。

精液のヌメヌメとした臭いが、喬平の体温で、更にプンプンと臭う。喬平にとっては、誰ともわからぬ高校生が一週間穿きつめたブリーフだ。それに加えて、何十回と射精した跡が、歴然としている。

穿くことに抵抗はあったに違いない。だが俺の命令に従順に従う喬平。可愛い奴だ。

「どうだ、他人の精液で汚れたブリーフを穿く気持ちは……」

「勃ったサオに、半乾きの汗がこびりついて、何とも言えなかったす」

俺は、ベットリと黄土色になったブリーフの上から、喬平のチンボコをムンズとわし掴みする。

固い肉棒に、縛った細紐が、モコモコしている。

「あっ、あにき、ダッ、ダメっす」

喬平は、しゃがみそうになりながら、十日ぶりのサオいじりの興奮をあらわにする。

「こうやって、いじくりまわされたかったんだろ? エエ? 正直にいっちまえ!! いじくって欲しい、いじくって欲しいって、毎晩チンボコが泣いたんだろう?」

「うっ、う押忍!!　ククッ!!　たっ、たまらんす。オレ、オレ、こうされたかったんす。オレのサオをあにきに、好き勝手に、こねくられたかったんす」

「先輩達は、こうやって、いじくってくれなかったのか?」

「うっ、う押忍!!」

「本当か?」

「本当す」

「おっ勃ったサオをむき出しにして。先輩達の部屋に行って、揉んでくれって哀願したんじゃないのか?」

「誰も、誰もいじくってくれなかったす」

「フン!!　なら、サオをむき出して、先輩達のとこには行ったんだな」

「ああ、あにき!!　そこ、そこを、もっと強くぅ!!」

喬平のチンボコは、小さな、ゴワゴワのブリーフの中で、暴れまくっている。そのダイナミックな力強さが、俺の手にビンビンと伝わってくる。

「返事しろ!!　サオをむき出して、行ったんだな」

「あぐっ!!　あにき、ゴメンす。オレ、おれ十日もマスかかないなんて、我慢できないっす。あにきに禁じられたし、だから、先輩にやられたってなれば……アッ!!　そ、そこ」

「それで……」

佐々から、合宿中の喬平の性欲は克明に報告を受けている俺だ。だが、こうして喬平をなぶるのもいい。

「オレ、五日目の夜、素っ裸になって、先輩達の部屋に行ったす。だって、毎晩、三人位ずつ仲間が先輩達に呼び出されて、恥かしいことされてるって…。

『先輩‼　オレの呼び出しは……』そう言って先輩の部屋に行く頃には、オレのサオはもうビンビンに勃っちまってて……。

で、ふすまを開けたら、中で、素っ裸にさせられて、立たされている高橋がいて……。オレには、高橋の背中で、ぷっくりした尻が見えるだけで……。高橋の前には、数人の先輩達がしゃがみこんで、高橋の股間をいたずらしてるんです。高橋は、両手を頭の後ろに組んで挙げ、前面を、先輩達のなすがままにさせる姿勢で。ああ、なのに、オレには、何もしてくれないんす。『とっと部屋に帰って寝ろ』なんて……」

喬平は、あえぎあえぎ、合宿の夜を語る。話しながらもその情景が想い出されるらしく、喬平は明らかに欲情している。

黄土色のブリーフは、喬平のチンボコの形をくっきりと浮きあがらせ、わけても、その先っ穂の丸い形のあたりには、先走りの露でブジュブジュに濡れそぼっている。

「よし、ならば、その夜果たせなかったサオいじりを、今経験させてやろう。両腕を、頭の後ろに組め‼」

喬平は太い腕を挙げ、頭の後ろで組む。豊かな腋毛の繁茂が、あらわになる。グッと反った胸板の厚みが激しく上下し、腹筋が、メリメリと浮き出ては、へこむ。

「あ、あにき、じかに握って欲しいっす」

「ダメだ。お前のこのブリーフの中に射精するんだ。お前の汗で、お前の股間を、グショグショに汚すんだ」

喬平の体は、発汗して、ヌンメリと濡れたような光沢を帯びていく。晒(さら)された腋下の繁みには、汗の粒々が浮き、それはやがて、ツツと喬平の脇腹へと伝っていく。蒸れた雄の臭いが、一段と濃くなる。喬平は眉を寄せ、鼻腔をヒクヒクとひくつかせていた。

汗で湿り気を含んだビキニブリーフは、今や喬平の肉の形にピチピチに張りきり、おっ勃ったチンボコの形を、すっかり見せつける。それには、幾重にも細紐が、キリキリと縛り上げられている。

俺の手の中で、喬平の男根はおののき、喘(あえ)いだ。その堅さが、その太さが、その長さが、喬平の男を正直に語っている。オロオロとこねるたびに、喬平は、「アアッ!!」とむせび泣くような声をあげる。

「アアッ!! あにきぃ!! 俺、たまらんす」

「何がだ!!」

「ううっ!! あにきに、いじくられるのが……たっ、たまらんす」

「サオいじりが、そんなにいいか。エッ? 高橋って奴は、こうやって先輩にいたずらされてたってわけか?」

「オッオレ、背後から見ただけだから……でっでも、あいつの尻が、ムッチリした尻が小刻みに痙攣(けいれん)していたっすから……。ウウッ」

喬平もまた、全身をプルプルと震わせて、つのりくる快感に耐えている。

じんわりとあふれた露が、ブリーフの前袋をグッショリと濡らしていた。強烈なアノ臭いが、そこから発散してくる。俺は、握るようにそれを揉みあげる。

「モミモミされて、嬉しいか？」

「う、う押忍!!」

「いじくられるのが、そんなに嬉しいか？」

「うっ、う押忍!!」

「このドスケベ野郎!!」

俺は、ムギュッと、喬平を潰さんばかりに握り潰した。

「アッ、アッ、アアッ!!　アーッ!!」

その一瞬に、喬平はガクンと体を飛びあがらせた。

ビュッ、ビュッ、ビュビュッ!!

茶色に汚れきったブリーフの喬平の先っ穂のあたりから、ねっとりと濃い汁が、突きあげにじみ出てくる。それは、タラリタラリとブリーフの内側を伝い、外側を流れた。ジュルジュルと、またたく間にブリーフの前袋は、喬平の汁で濡れていく。

喬平は、とめどなく、吹きあげる。まったく十日間の禁欲は、喬平にとって気が狂うばかりの過酷な戒めだったに違いない。こいつは、一日だってマスをかかずにすませられるような奴ではないのだ。

青臭い、濃厚な精液の臭いが、部屋中に漂っていく。

第四章　羞恥

　伸介に一週間穿かせ続け汚させたブリーフを、喬平は、十日分の精液で再びベトベトに汚した。

だが、それは、どんなに気持ち悪くとも、俺が頷くまで脱ぐことは許されないのだ。だから喬平は、股間を己の精液でベタベタに汚しながら、ジッとそれに耐えねばならない。

「十日ぶりに絞られるってのは、どんな気持ちだ?」

「たっ、たまらんす」

「だろうな。それが証拠に、お前のそこはまだ、おっ勃ちっぱなしじゃないか」

　俺はソファにふかぶかと坐り、ゆっくりと煙草をふかす。その間喬平は、勿論俺の前に、直立不動のまま立たせていることは言うまでもない。

　喬平のブリーフは体温に温められ、モワモワと湯気を立ち上らせている。その湯気は当然のごとく、汁の臭いをぷんぷんとさせている。

「ところで、喬平。チンボコを剥き出して、先輩に握ってくれと頼んだこと、忘れていまいな」

「う、う押忍!!」

　喬平は、ハッとしたように俺を見つめ、次の言葉を待つ。

「当然、罰を受ける覚悟はしてあるな」

「う、う押忍!!」

「間もなく八時だ。お前の今穿いているブリーフを一週間穿いて、お前の為に、何十回となく射精してくれた高校生がくる」

「ウッ‼」

喬平は、明らかに動揺している。

「会ってみたいか?」

「うっ、う押忍‼」

喬平は、しぶしぶ返事する。顔には、嫌がっている心情がありありと浮かんでいる。

「あの、あにき‼」

「何だ?」

「あの、その高校生の見てるとこで、まさか、オレ、あにきに……」

「フン‼ 当然だ。お前があさましくのたうちまわる格好を、とっくり見せる。男のストリップなんかを喜んで見せてくれる奴なんか、なかなかいないぞ。嬉しいか?」

「うっ、押忍‼」

「よし、なら駅まで迎えに行って来い」

俺は、喬平に迎えに行く仕度をさせる。つまり、使い古したロープで、喬平の肉づきのよい体を縛りあげるのだ。首にロープをかけ、乳首が盛りあがるように胸で交差させ、腰のくびりをキリキリと縛り上げる。まだグッショリと濡れているブリーフごと股間にもロープをかけ、尻の割れ目に沿ってグリグリと締めあげる。

喬平の自由になるのは手足だけだ。

ロープをかけられている間中、喬平は、迫りくる過酷な言いつけのひと言ひと言を、かみしめているようだった。

「これでいいと…。ほら、トレーナーを穿け。但し下だけだ」

俺は、喬平が不自由な体を屈めてトレーナーの下を穿く間に、洗濯カゴをあさりヨレヨレになったTシャツを投げてやる。それを首に通し、喬平はTシャツを着る。明らかに、それはピッタリしすぎていた。喬平の体に巻きついたロープが、プックリと浮き上がってわかる。誰が見ても、ロープで縛られているのは、明白に知れる。

「サングラスだけは許してやる。その格好で、駅まで迎えに行け!!」

体格のいい若い男が、この寒空の下、Tシャツ一枚で歩いていれば、どう思うか。それに、よく見ればロープが体に巻きつき、キリキリと縛られているのだ。

そして、薄いペラペラのトレーナーの前部は、明らかに勃起しているチンボコの突起。

近寄れば、雄の汁の臭いが、プンプンとしている。

「その高校生って言うのは、どんな奴なんすか」

「何故だ!!」

「だって、迎えに行くんすから……」

「フン!! その格好で、駅に立ってれば、向こうが気付いてくれるさ」

「で、でも……」

「つべこべ言ってないで、とっとと出て行け、八時まで、あと三分だぞ」

喬平は、しきりに股間のとんがりを気にしながら、俺の命令に従って出ていく。

広い背にロープの絡みついた筋が、俺の眼に入る。ムッチリとした尻が、ユッサユッサゆれる。だが、それは決して、だらしなく肉がついているのとは違う。むしろ、足を運ぶたびにピリピリと筋肉がふるえると言った方が良いかも知れない。

喬平が出かけた直後に、俺も又、喬平にわからぬ距離をおいて、外に出た。

夜気が、肌を刺す。薄でのTシャツ一枚素肌に着た喬平にとって、この冷たさはどうか。それは、俺の関知することじゃない。

七時をすぎると急に人通りがまばらになることを、俺は知っている。住宅街なのだ。店も早くに閉まってしまう。

駅までの五分間、しかし、喬平は絶えず周囲に気を配りながら歩いていく。向うから人が来ようものなら、あわてて脇の暗がりへと体を寄せる。

だが、喬平。行きはよいよい、帰りが……なのだ。伸介と打ち合わせは出来ている。今夜は楽しいぞ。

第五章　屈辱

喬平は、人目をさけて駅前の広場に立ち、それらしい高校生を見つけると、その時だけ体を出す。

実際、本人は真剣なのだ。しかし、隠れて見ている俺にとっては、格好の見世物だ。

電車が着く度、吐き出される人、人、人。

おっと、それは伸介じゃないぜ、喬平!!

突然、顔の前に飛び出てきたトレーナーの巨体に、ハッとおどろかされる学生服。近くで見れば、夜目にもロープで縛られていることが、それとわかる。

ハッと身を引く喬平。でも、遅い。ジロジロと、頭のてっぺんから足の爪先までねめまわされた挙句、あきれた顔をして通り過ぎる学生服。

何度も、何度も、ふりかえっている学生服。かけ足で逃げていく学生服。

だいたい、高校生と言われて、学生服を着ていると思い込む喬平がいけない。

柱のかげから、伸介が、クスクス笑いながら、喬平のあわてぶりを見ている。洗い晒しのジーパンに、革ジャン。スポーツ刈りの頭が、こみあげてくる笑いに小刻みにゆれている。伸介が、俺の方に視線を移す。

そろそろ、勘弁してやるか。続きは、俺の部屋で、じっくり時間をかけて、やってやる。

俺は片手を挙げて、伸介に合図する。頷く伸介。

伸介は、喬平の背後から、その肩をポンと叩く。ハッとして、飛びあがらんばかりに驚く喬平。

伸介は、あごをしゃくり「来い!!」と無言の指示をする。伸介の後を、うなだれ、情けない顔をして、トボトボついてくる喬平。二人はやがて、俺が隠れているジュースの自動販売機の前までやってくる。予定のコースだ。

丁度、電車と電車の合間で、人はほとんどそれぞれの家路をたどって、その周囲には誰もいない。

自動販売機の前まで来ると、伸介はサッと立ち止まりざまに振り返り、喬平の全身をまじまじと見つめる。俺が販売機の後に隠れていることさえ気付かぬほど動転している喬平は、何故立ち止まったのかわかりかねる顔して、伸介を見る。

「あんたが、喬平か!!」

年下の高校生に、自分の名を気易く呼ばれる悔しさに喬平はムッとした顔をするが、黙っている。

「あんたが、喬平かよ」

「そうだ」

「そうだ? お前、返事の仕方がちがうんじゃねぇか。兄貴に返事する時と、オレに返事する時と区別すんのかよ」

「……」

「兄貴に対するのと同じ態度で、俺に接しろよ。エッ? わかったかよ、喬平!!」

「……」

「返事!!」

「う、う押忍!!」

「そうだ、それでいい」

一週間、しこんだだけある。伸介の口ぶりは、なまじ初対面故に、堂に入っている。

「フン!! こうして、つくづく見ると、いい格好してるぜ。薄汚れたTシャツの下は、ロープかよ」

「う、う押忍!!」

返事する喬平の声には、力がない。

「見せてみな!!」

喬平は、トレーナーからTシャツのスソを引きずり出すと、腹が見えるようにまくりあげる。

喬平の腹に食い込んでいるロープが、自動販売機のかすかな光の中に浮き上がる。

「見えねえよ。お前な、見せるってのは、全部脱いで、見て下さいって言うのが、本当じゃねえか、そのTシャツ、脱いで見せろ!!」

喬平は、顔をこわばらせる。それから、周囲をキョロキョロ見回して、人通りのないことを確かめると、サッとTシャツをかなぐり捨てた。

パンパンに張り詰めた肉の見事なかたまりがあらわになる。寒さの為か、ブルルとふるえる喬平。

黙々と、伸介のいびりに耐えている、その様子は、何とも可愛い。

「こうされると、お前のチンボは、おっ勃つんだろ? エエ!! 返事は!!」

「う、う押忍!!」

「どの程度、勃ってるかみてやろうじゃないか」

伸介は、喬平のトレーナーのゴムに手をかけると、ゴムを引っ張り中をのぞき込む。

「臭せえな。お前、チンボコをちゃんと洗ってんのかよ」

「…………」

「ハハッ!! このブリーフは、俺が汚してやった奴か。お前、よく穿いてるな。ドロドロになるまで、射精してやった奴だぜ」

仲介は、トレーナーの中に手を突っ込むと、喬平の男をムンズと握る。

「ウッ!!」

あわてて身を引く喬平、だが、仲介が許すはずもない。

「ウワッ!! ベトベトでやんの」

「今しがた、あにきに絞られたっす」

「グヘッ!! じゃあ、このベトベトは、お前の汁かよ。ウーッ!! 汚ねえ、汚ねえ!!」

仲介は、さも汚いものを触ったかのように顔をしかめ、あわてて手をひっこめる。

「臭せえ!!」

仲介は、喬平のものを握った手を鼻にやると、しかめっ面をして言う。

「舐めろ!!」

その手をグッと喬平の顔につきつける仲介。喬平は、黙って、それを舐め出した。

ピチャピチャと湿った音がする。

「自分の精液、舐めさせてもらって、お前嬉しいか? 返事!!」

「う、うう」

「返事!!」

「う押忍!!」

それは全く異様で、刺激的な光景だ。上半身を裸になった大学生が、トレーナーの前を突き上げロープで縛り上げられている。明らかに年少の高校生が、その大学生をいびりまくっているのだ。

「さてと、そろそろ、次の電車が来る頃だ。お前のあさましい姿を、見てもらうか?」

「そっ、それだけは、お願いします。勘弁して欲しいっす。あにきのところに行ったら、オレ、何でも言う通りにやるっす。だから、それだけは……」

うろたえる喬平。伸介はニヤニヤ笑いながら、聞いている
「本当に、何でもやるな」

「う押忍!!」

「なら、今は許してやる」

助かったという顔をする喬平。だが、伸介が、それで許すはずはない。

「これを、つけろ!!」

伸介は、バッグの中から、運動用の固定バサミを取り出す。

「トレーナーをずり下げて、そのベトベトのチンボを、これで挟むんだぜ。……返事!!」

「う、う押忍」

喬平は、伸介から、固定バサミを受け取ると、トレーナーをずり下げ、再び隆々とそそり勃った男に、それを食い込ませる。

「ウッ!!」

肉棒の形が、固定バサミに挟まれてモロに浮き出る。そして、その固定バサミには、黒い細紐がついているのだ。

「Tシャツ、着ろ」

喬平は、Tシャツを着る。トレーナーの前部は喬平の男が丸見えの状態で、ずり下げられている。だが、後からみれば、それはわからない。尻が隠れるように、なんとかずり上げてあるからだ。

「いいか、この紐がピンと張っているように、俺との距離をおけ、俺が紐を引っ張ればお前のチンポが引っ張られる。そうしたら、歩くんだぜ」

「でも、これでは、誰か来たら……」

「その時は、俺は知らねえや。紐を放しゃお前一人さ。トレーナーをずり下げて、チンポを見せながら散歩している言い訳を考えるんだな」

伸介は歩き出す。五メートル後から、喬平が腰を突き出す格好で、ぎこちなく歩き出す。

俺は、裏道を通って、二人を迎える支度をしなければならない。何も知らない顔をして……。

第六章　罰則

伸介が、喬平を引っ張って俺の部屋にたどりついた時、喬平の顔はすっかりこわばり、緊張の連続だったことを証明する。

俺の顔を見て、ニヤリと笑う伸介。

「喬平の奴、ブルってやんの、面白かったぜ。兄貴に見せたかったぜ」

「あにきっ!!」

喬平は、哀願するような眼で俺を見る。俺は無視。

Tシャツの腋の下が、この寒空にもかかわらずじっとりと汗で濡れている。

「フン‼　まだ外にいるつもりでいるのか。とっととそのTシャツとトレーナーを脱いで、ブリーフ一丁のスッポンポンになってろ」

喬平は、俺の拒絶に従うしかない。

俺は、伸介をソファの俺の横に坐らせる。喬平を、まったく無視して……。

喬平は、黙々と、Tシャツをかなぐり捨てトレーナーをずり降していく。グッショリと濡れた前袋の中で、喬平の男は、堅くいきり勃っている。肉に食い込んだロープは、その周囲を赤く染めている。

「そこに、正座してろ‼」

伸介が、喬平に命令する。

俺の方を見る喬平の視線を感じながら、俺は、伸介の服を脱がしていく。喬平には、今日の俺が、喬平にどう対するつもりなのか、わからせねばならない。

喬平は、俺達の前に正座する。もっこりと盛りあがったブリーフが、更に窮屈そうだ。

「寒かったろう‼」

「ああ、兄貴‼」

俺の手は、伸介の革ジャンを脱がし、シャツのボタンを、ひとつひとつ外していく。なめらかな伸介の胸があらわになっていく。

腕から、シャツを抜くと、もう伸介はジーンズだけの裸だ。喬平が肉づきの良い筋肉質の体なのに対して、伸介は、無駄な肉のないしなやかな筋肉質なのだ。ツンと勃った赤黒い乳首は、喬平のようにつまんで楽しめる程大きくはない。

俺は、伸介を俺の膝の上にかかえあげ、横にさせる。俺の首に手をまわし、しなだれかかってくる伸介。喬平が見ていることを承知で、いや見せつけてやる為に、俺達は、露骨なディープキスを交わす。

伸介の舌を、俺の喉奥まで深く吸いながら俺の手は、伸介のジーンズのベルトを外しにかかる。カシャッと音をたてて、バックルが外れる。それを確めると、俺はジッパーを下げにかかる。

ジジジジーッ。

伸介が腰をうかせる。水色のビキニブリーフが、こんもりと盛りあがっている。ジーンズを脚から引き抜く頃、俺の口から、伸介の口へと一杯に唾液が注ぎこまれている。ゴクリと旨そうに飲む伸介。こういう愛し方は、喬平にやったことはない。

喬平は、大きな体をチョコンと床に落し、黙って俺達を、食い入るように見つめている。

「ああ、兄貴!!」

伸介が、喬平に聞こえよがしに甘い声をあげる。

俺は、伸介の水色のブリーフの中へ手を入れる。触り慣れた伸介の男が、俺の手の平をツンと突いてくる。

「もう勃ってるのか!!」

「へへッ!!」

俺の手は、伸介を握りゆっくりとこする。水色のブリーフの中で、それはじっとりと濡れ始める。

「灯り、消してくれよ、外から見える」

「でも、真っ闇じゃ、お前のチンボコが見えないぜ」

俺は、そう言いながら、伸介の体を起こす。

「待ってろ、いい考えがある」

そう言うと、喬平を見る。

「おい、喬平!! お前の罰が決まったよ」

俺は、喬平の両手に、太いロウソクを持たせる。それから喬平を一度立たせ、小さなブリーフを、チンボコの玉の下すれすれまでずり下げる。

今日初めての、いや十日ぶりの開チンだ。伸介は、喬平の股間をなめまわすように見つめている。

「フーン!! こいつ、案外いいモン持ってるなぁ!!」

確かに、俺が見てもそれは立派なモノだ。細紐できつく縛ってある為、既に真紫に色をかえているそれは、完全に剥けきり、テラテラと脂っこい光沢をたたえている。

ひと握りでは指がまわらぬ太さの巨根は、グイッグイッと絶えず頭を振りたてている。

先刻の精液に汚れ、陰毛は、腹にベッタリと貼りついている。プンときついアノ臭いがこもっているそれは、淫らだ。

「何すんだ?」

「喬平の、このとんがりの先っ穂にも、ローソクを立てるのさ」

「あ、あにきぃ!!」

「うるせぇ!!　罰は罰だ。おとなしく受けろ」

俺は、三センチ程のロウソクに火をつける。

そして、じっくりとロウを溜める。

「坐れ!!」

喬平は、再び床に正座する。太股の厚い筋肉がモコモコと盛りあがり、それが交差する一点にピンと勃起したチンボコがある。

俺は、片手にロウソクを持ち、喬平の前にしゃがみこむ。伸介は興味深げに、喬平の横までやってきて、これも又しゃがむ。

俺は、喬平の男を片手でつまむと、動かぬように固定する。

「剥けきった薄皮に立てるのかい？」

伸介は面白そうに尋ねる。

「当り前だ」

俺の片手で、ロウをたっぷり溜めたロウソクの火がゆらぐ。

「熱くても動くなよ」

ロウソクは、喬平の股間へと動いていく。

「ハーッ!!　ハーッ!!　ハーッ!!」

喬平の呼吸が荒くなる。

ポタリ…

「ウグッ‼」

熱ロウは、ねらいたがわず、喬平の最も敏感な部分へ落下した。

続けて、ポタリ、ポタリ、ポタリ。

「ウーッ‼　ウーッ‼」

苦痛に呻く喬平。

ロウが固まる寸前に、俺はロウソクを、喬平の男の先っ穂に立てた。細紐とロープの為に、それはピンと上を向いている。その剥けきった先っ穂の丁度鈴口の上に、三センチのロウソクは、ピタリと貼り付き立ったのだ。

「ウーッ‼　ウーッ‼」

喬平は、いやいやと顔を振る。だが、その口に、俺はもう一本、太いロウソクを食わえさせる。

両手に握らされたロウソクに火がともされ、口にほおばらされたロウソクにも、火が点けられる。

喬平は、今や身動きひとつ許されない。ヘタに動けば、火傷が待っているのだ。

都合、四本のロウソクが、タラリタラリと喬平の見事な体に、熱ロウをたらし始めた。

「ウーッ‼　ウーッ‼」

喬平は、ロウが肌を焼く度、不自由な口で呻く。

電灯が消されると、満艦飾の喬平の裸体が闇に浮かびあがる。

「さあ、伸介、こい‼　抱いてやるぞ‼」

俺も又、ブリーフ一枚の裸になると、伸介を再び、ソファの上に抱えあげる。

「ハハッ!!　もうブリーフを濡らしやがって……」

「兄貴ぃ!!」

ロウソクの光の中で、薄っすら脂の乗った伸介の裸体が、やけに欲情をそそる。

俺は、伸介の水色のブリーフをずりおろすと、伸介自身をモロに握ってやる。身をくねらせて、喘ぐ伸介。

第七章　嫉妬

「ウーッ!!　ウーッ!!　ウーッ!!」

熱さに必死にたえている喬平の呻き声を開きながら、俺は伸介の体を愛撫する。みじろぐことも出来ぬ喬平に見つめられていることを知ることで、伸介は、いつになく燃えているようだ。

伸介のなめらかな脇腹を指先でゆっくり撫でながら、俺は伸介の首筋に舌を這(は)わす。かすかなトニックの匂いに混じって、伸介の熱い頭皮の臭いが、俺の鼻腔をくすぐる。

伸介は、うっとりと俺の舌に舐められる首をよじり、俺のブリーフに手をやると、それをずりおろしていく。俺の尻が、プックリとロウソクの光の中で剥き出しにされる。

俺は、伸介の手を取ると、万才の格好に頭の上へ持ちあげ、そのままソファに横たえる。伸介の両手をあげさせて、それに手を重ねて固定すると、俺は伸介の上におおいかぶさっていく。曝(さら)け出された腋下の繁みに鼻を突っ込み、思いっきり伸介の体臭を嗅ぐ。蒸れた干草の匂いがする。

俺と伸介の体の間に、ずり落ちたブリーフからポロリと飛び出た二本の男が、ゴロゴロと転がった。その熱い棒が、互いを押しのけて転がる度、若い伸介の方がこらえきれずに、喘ぐ。

「アァッ!! 兄貴ぃ!!」

「いいか、えっ、いいか?」

「ウッ、ウン!! ビリビリしやがるぅ。俺の、サオの奴!! アァッ!! 俺、どうかなっちまう!!」

俺は、伸介の首筋に舌を這わし、その次の瞬間には伸介の耳たぶを噛み、熱い吐息を吹きかける。勿論、腰をゆっくり回転させながら……。

そしてディープキッス!! 旨そうに、俺の唾液を飲む伸介!! チューチューと吸う音が、やけに刺激的だ。

伸介は、腰をつきあげ、俺の腰の回転に自分の男をこすりつけるように同調する。

「ウーッ!! ウーッ!!」

側らに正座する喬平を横目に見ながら、伸介をメタメタに舐めまわす。

一方の野郎を苦痛の中に押し込め、一方の野郎を快感の頂点に持ちあげる。これは、何にもかえがたい楽しみだ。

そそり勃った喬平の男には、タラタラと垂れるロウの白い跡が、いくつもいくつも流れている。口にくわえたロウソクの溶けたロウは、喬平の唇を白く塗り、又、せりあがった厚い胸板にポタポタと散っていた。

脂汗を全身にうかべて熱ロウ責めに耐える喬平を見ながら、ピチピチと肉の感触も若い伸介の全身を舐めまわす。

俺の唾液に、伸介の体はきつく臭う。腋毛は、唾液でベトベトだ。

そして乳首を噛む。

「ウゥッ」

身をよじり、呻く伸介!!

片手で伸介の万才した両手を押さえ、片手は、俺と伸介の体に潰されている股間にねじり込ませていく。

伸介の男は、二人が垂らす先走りの露でヌルヌルとしていた。

「アー!! アッ、ウウッ!!」

「伸介、泣け!! 大声で呻け!!」

「アッ!! アーッ!! アーッ!!」

伸介は、俺の体の下でバタバタと暴れまわる。だが俺の腕は、しっかと伸介を押えつけている。

「アッ!! 兄貴ぃ!! 俺、俺、出っ出ちまう。出ちまうよ!!」

「いいぞ、出しちまえ!!」

「アアッ!! 兄貴ぃ!! 兄貴ぃ!! 兄貴!!」

伸介の体が、すさまじい勢いではねる。俺は、ガシッと伸介を抱えこむ。

俺の股間と伸介の股間がピッタリ重なった瞬間、伸介は爆発した。俺の股のところで、ビュッ!! ビュッ!! と熱いものが、あふれ出た。伸介の精液だ。それは、幾度となく吹きあげ、その度に、俺の股間は熱く濡れていく。

「ハーッ!! ハーッ!! ハーッ!!」

荒い息をする伸介は、眼を閉じグッタリとソファに横たわりながら、快感の余韻にひたっている。まだ堅さも、太さも、長さも失わない伸介のチンボコは、黒い毛の中からピュンと宙に向ってつき出て、オロオロと小刻みに震えていた。それは、ネバネバとした精液にまみれ、ギタギタとにぶい光沢を帯びている。喬平のそれとは違う、男の臭いがツンと漂ってくる。

「兄貴!! よっ、よかったぜ、俺、未だに、唇がしびれてる!!」

伸介は、かすれた声で、とぎれとぎれに言った。

その時だ!!

「ギャッ!!」

喬平がすさまじい叫び声をあげて、飛びあがる。口にくわえていたロウソクは、ポンと宙を飛び、落下しながら消えた。

驚いて、顔を見合わす俺と伸介の視線の中で、今まさに溶けきろうとする、喬平のチンボコに立てたロウソクの火が見えた。

ジジッ!! ジジッ!!

ロウソクは、喬平のチンボコを溶けたロウで固め、その頂点に黒く焼けた芯が最後の光を放っている。

「こっ、焦げる!! 焦げるぅ!! 先っ穂が!!」

アッという間の出来事だ。

伸介の体を味わって、すっかり喬平のことを忘れていたのだ。その間、じっと熱さに耐えていた喬平。あまりにバカ正直すぎて、笑ってしまう。

喬平のパッと明るくなった股間が、スッと暗くなる。伸介は、あからさまに喬平の股間を指差し笑いころげている。

「アチッ!!　アチッす!!　アチッすっ!!」

喬平の必死な顔、脂汗をぐっしょりと全身にかいている。

「喬平!!　もう消えてるぜ」

伸介は、笑いながら言う。

「喬平、こっちに来い」

俺は、喬平を俺の前に立たせる。

「ウーッ!!　ウーッ!!」

喬平は呻き声をあげ、厚い胸を荒々しく上下させている。喬平のツンととんがったチンボコは完全にロウに埋まり、それが次第に白く固まっていく。

俺は、喬平のチンボコをつまむと、その固まったロウを、二三度、クルクルと動かしてみる。

ズズッとロウは、喬平の肉からはがれ、スッと抜くと、喬平の男の形にスッポリと抜けた。

喬平の男の先っ穂は真っ赤に火照(ほて)ってはいたが、溜まったロウの為か、火傷の一歩てまえで、どうやらまだ使えそうだ。ここで、使いものにならなくなると困るのだ。伸介と俺が用意している今夜の最大の見世物が、待っているのだ。

「こいつが役にたたないと、話にならないからな」

自分の男を、さすっている喬平を前に、俺と伸介は、ニヤニヤ笑いかえした。

第八章　狂態

　ようやくロープから解放された喬平の体は、久し振りの自由を楽しむかのように、ピチピチと筋肉の盛りあがりを示している。だが、相変わらず、その股間には、茶色く変色した汚ないビキニブリーフが、肉に食い込んでいる。肌のいたるところに白く散り、こびりついているのは先刻の熱ロウの乾いたものだ。

　体を休める間もなく、喬平には次のいたぶりが待っている。

「どんなことでもやるって、さっき、お前言ったな？」

　伸介は、股間のおっ勃ちを隠そうともせず素っ裸のままソファから立ちあがる。

　俺は、ニヤニヤ笑いながら、二人のやりとりを眺めてぃる。

「う押忍!!」

「よし、喬平、こっちに来い!!」

　伸介は、喬平を浴室へと連れ込む。

「その臭い体を、洗わせてやるぜ」

　俺は、湯船に体を沈め、喬平をどのように伸介が責めるか、楽しませてもらおう。

「そこに正座しろ!!」

「う押忍!!」

喬平は、冷たいタイルの床に正座させられる。

「先ずは、その汗臭い頭と、ロウがこびりついた顔を洗わせてやる」

そう言うと伸介は、正座して見上げる喬平の前に、素っ裸のまま立ちはだかる。喬平の顔のすぐ前には、精液が生乾きの伸介の股間が、堂々と晒されている。伸介は、手を、その股間のイチモツにそえる。

俺は、伸介が何をしようとしているか、ピンときた。汗臭い喬平の頭を、更に汚してやるつもりなのだ。

「今から、お前の頭と顔に、俺のションベンをぶっかけてやるぜ。よく洗いな」

屈辱感に歪む喬平の顔。

「返事!!」

「う、う押忍!!」

喬平の返事が終わるか終わらぬうちに、伸介の太いホースから、熱いしぶきが吹き出る。

ジョワジョワジョワ!!

それは、まともに喬平の額にぶち当る。

「洗え!!」

「う、う押忍!!」

言葉をかえす喬平の口の中へ、黄水は流れ込む。

「手を使って、洗え!!」

「う押忍!!」

喬平は、両手で頭髪をこすり、顔をこする。黄水はとめどなく吹き出し、たちまち喬平の頭は、ションベンの臭気と共にビチャビチャに濡れていく。それは、タラタラと喬平の首を流れ、背と言わず、胸と言わず伝い落ちていく。

紳介が、ブルルと全身をふるわせ、最後の一適まで、太いホースから絞り出す頃には、喬平は、かなりの量のションベンを飲まされていた。眼に黄水が染みるのか、蕎平は顔をしかめている。

「きれいになったかよ!!」

「う、う押忍!!」

「よし、次は、石けんで体を洗わしてやるぜ、有難てえか?　エエ?　返事!!」

「う押忍!!」

「汗とお前の体臭と、精液の臭いで、かなり強烈に臭うぜ、しっかり洗えよ」

伸介はそう言うと、しゃがみ込む。喬平の正座している太股の上に……。

それから、きばり始める。真っ赤な顔していきばる伸介。喬平はたまらず、眼をキッと閉じて、この臭い責めを受ける。プリッとガスの音がし、喬平の剥き出しの脚の上に、茶色い石ケンがニョロニョロと押し出される。それは、後から後から、伸介の小さな尻の穴から絞り出され、喬平の膝の上にとぐろを巻いていく。

やがて「ウッ!!」と最後のひときばりの後、紳介は、尻をブルッと振り切る。

「ケツが汚れちまった。きれいに舐めろ!!」

紳介は、ヒョイと尻をあげると、喬平の顔に自分の尻を押しつけていく。

「ウウ!!　ウウ!!　ウウ!!」

喬平は呻き声をあげながら、伸介の尻のカスを舐めあげる。

「さすがに兄貴のしこみがいいぜ。舐め方が慣れてやがらぁ!!」

喬平にすっかり尻の汚れを舐めさせると紳介は、俺の入っているバスタブの中へ体を入れてくる。

「ほら、兄貴が見てて下さるってよ、早くその石けんを使って、首から下をていねいに洗いな!!」

湯がザーッとこぼれる。喬平の膝の上の石ケンほ、湯をかぶり、柔らかくなる。

助けてくれと言った表情で、俺を見る喬平。

「あ、あにきぃ!!」

「聞いたろ!! 紳介の言う通りに、よく石けんを体につけて、洗え!!」

俺達の限の前で、喬平は涙を浮かべて、体を洗い始める。手で、膝の上の石ケンをこねまわし、グチャグチャにすると、手の平にすくい、首に持っていく。グニョグニョと柔らかい感触と共に、喬平の首は、茶色く色をかえていく。腋をあげ、そこにも石ケンを塗りたくる。胸板にも石ケンを塗りたくる。脇腹にも石ケンを塗りたくる。

五分もするうちに、喬平の全身からは、たまらなくすさまじい臭気がたちのぼっていた。

「湯をかけて下さい」

「フン!! 何故だ!!」

「あの、洗い流すのに、湯が……」

「汗臭いにおいがとれるまで、しばらく、石ケンをくっつけときな……」

「ウッ!! で、でも!!」

「でももへちまもねえよ。俺がそう言ったら、そうするんだ。口ごたえした罰を与えてやる。顔にもその茶色石ケンを塗りな!!」

「そ、そんな!!」

「また口ごたえか?」

「う、う押忍!!」

喬平は、茶色くベトベトになった手の平を顔にやると、それで顔をこすった。ベットリとひっつくウンコ。

「よし、立て!!」

伸介の命令に、しぶしぶ立ちあがる喬平。

全身茶一色に塗りたくっている。

「ブリーフを玉の下まで降せ!!」

喬平は、ブリーフのゴムに手をかけ、ゆっくり降しにかかる。こうまでされても、喬平の男は、ポロンと勢いよく弾み出てきた。

「オナニーショウだ、見ててやるから、自分のサオをこすりな」

喬平は、手をそれにそえ、シコシコシコとこすり始める。ベッタリとひっつく茶色。喬平は、握る手ももどかしく、必死にこすり続ける。

ここまでは、俺と伸介の計画通り。そろそろ俺の、俺ひとりの計画を実行にうつすか。

命令するのは俺ひとりでいい、喬平が、二発目をぶちかましたら、喬平の三発目は伸介の尻の中だ。ここで、このままの喬平に伸介を抱かせる。俺は、湯舟の中で、紳介の尻を撫でながら計画をたてる。

喬平は眉根を寄せ、鼻腔をヒクつかせ始めた。手の動きも、連発銃のように速くなった。そろそろ、盛大に爆発するぞ。

伸介の尻を撫でるのをやめる。そして、その手を伸介の前にまわす。完全におっ勃っている。

「ハーッ!!　ハーッ!!　ハー!!　ハッ!!　ハッ!!　ハッ!!」

喬平の吐息が荒く、小刻みになっていく。もうすぐだ。

その時、喬平は茶色く汚れた全身をビリビリとふるわせ、弓なりにのけ反った。

ビュッ!!　ビュビュッ!!

黄灰色の汁が宙を飛ぶ。

命令するのは、俺ひとりでいい。夜はまだこれからだ。

「喬平!!　伸介を抱け!!　今までの分を、伸介の尻の穴にかえしてやれ!!」

「エッ!!」

驚いて、飛びあがる伸介!!　だが、その男は、俺の手の中にある。安定をくずして倒れる伸介の、丁度眼の前に、喬平がいる。

結果として、喬平の厚い胸の中へ飛び込んでいく形となった伸介!!

床の上をころげまわって逃げる伸介に、喬平の重い体がのしかかる。たちまち伸介もまた、茶色く塗られていく。

「あにきぃ!!」

「あっ、兄貴っ!!」

さかりのついた雄どもの狂態。明日は日曜日、今夜は、不眠に乾杯だ!!

初出　「さぶ」一九八三年二月号

青春は汗の中で

第一章　着衣の儀

十畳敷き程のその部屋の中央に立たされると、俺のまわりを取囲むように、諸先輩が円陣を作る。正面にはむろん、会長である四回生、野田先輩が腰を下すことになる。この先輩は何も彼もが大作りである。学生服の胸もとの金ボタンは今にも引きちぎれんばかりに張りつめ、一度ユニフォームを身につければひきしまった腹から急なカーブを描いてその胸はもり上り、その威圧的な体を見ただけで、対戦者は畏(おそ)れに体がすくむというカリスマ的存在である。今、学生服の内に隠されてはいるものの、しかし、筋肉を窮極にまで鍛え上げた体躯(たいく)は、秘めた雄をじわじわと感じさせるに充分である。

野田会長は自身の為に空けられていた場所にどっかりと小山の様に落ち着くと、筋肉の荒縄をよじり合わせたような双の腕を、モリモリと音を立てるかのように組み、濃いゲジゲジ眉の下の鋭い視線を、部長の河野先輩に走らせた。河野先輩はすかさず「う押忍」と返答をすると「これより第九回、幹部候補生、夏期特訓の開会を宣す」と絞り切るような声で怒鳴った。

河野先輩の首には幾筋もの青筋が立ち、顔は真赤に上気している。厳粛な儀式を司る責任者としての緊張が、その体を引攣らせるようにピクピクと痙攣させているようだ。部長の開会宣言と共に、全員が声をそろえて「う押忍」と雄哮びをあげる。その怒号は窓ガラスを震わせ、近くの森から鳥が驚いて飛び立っていった。

その間、俺は円陣の中央に直立不動のまま立ち続けていた訳だが、皆の視線が俺に注がれていることに気付くと、いよいよだという期待と不安で、俺の体はこれ以上伸ばし切れない程、固く硬直した。「二回生、小川猛」と河野先輩の怒鳴り声が道場に響き渡る。

「う押忍」と俺は吠える。まさに吠えるという言葉がぴったりとする返答である。極度の緊張のため声がかすれると、周囲から猛烈な野次が飛んだ。

「おう！　二回生。テメェそれでキンタマつけてるのか」

「全然聞こえんぞ、下っ腹に力を入れて、テメェの体についている全部の穴をかっぽじって返答せんか！」

すぐに俺は返答を繰り返す。

「う押忍」

暑い夏の盛りに詰襟をきちんとしめた黒い学生服の中で、俺の筋肉はつぎからつぎに流れて止まぬ汗でびっちりと濡れそぼり、ズボンの裾から、ポトリポトリと床に滴となって落ちていく。

俺は「う押忍、う押忍」と声のかぎりに吠え続ける。俺の顔は赤く火照るのを過ぎて、次第に蒼白になっていく。汗がたらたらと流れ落ち、目に染みる。だが拭うことは許されないのだ。両手をピタリと太股に付けた不動の姿勢のまま、俺は耐え、そして雄哮びをあげ続けた。

何十回「う押忍」と吠えただろうか、声はかすれ、喉咽（のど）がヒリヒリ傷む。頃合いを見て再び河野先輩がどなる。

「着衣の儀！」

副部長の岩永先輩が恭々（うやうや）しく四角い盆を捧げて前に進み出る。腰から太股にかけて異様に発達しているこの先輩は、ズボンがはち切れんばかりの大股の部長の側らに近付くと、その場に脆（ひざまず）き、盆をさしのべる。

着衣の儀とは、この夏期特訓の間の俺のユニフォームを受与する儀式なのである。

「二回生、小川猛はその場ですみやかに脱衣！　慎んで、栄誉あるこのユニフォームを身につけよ」

河野部長がどなる。俺は「う押忍」と返答すると、すばやく学生服を脱ぎ捨てた。もちろん、神聖なるユニフォームを着衣する儀式であるから、シャツもブリーフもかなぐり捨て、一糸まとわぬ姿になり、直立のまま次の手順を待つのだ。

俺の体は、その間の汗でぬらぬらとし、折りからの真夏の強い日射しの中でテラテラと若い雄の肉体をあますところなく輝かせていた。

部長は盆からユニフォームを取り上げると儀式ばった、固いキビキビした動作で俺の前にさし出す。俺は「う押忍」と吠えると恭々しく、だが柔弱（にゅうじゃく）な物腰は許されないから、節度を持ってそれを受け取らねばならない。自然と全体が機械仕掛けのように動く。又、罵声（ばせい）が飛ぶ。

「おう二回生よ！　貴様、そんなだらしのねぇ格好で、神聖なる儀式を汚すつもりかよぉ」

そう言う先輩の指は、俺の股間をさしている。長い緊張の持続で、俺のMは力なく下に垂れていたのだった。

「すぐに、テメェのチンボを上にむかせろ。男が起たねば、ユニフォームを着る資格なし」

容赦なく野次があびせかけられる。衆人環視のもとで俺はマスをかくはめになったのだ。しかも、全員の視線は、くい入るように俺の雄を凝視しているのである。恥ずかしいなどとは言ってはおられぬ。俺が起てねばどんな制裁が後にひかえているか予想はつく。

去年も同じようなことがあり、ショックでついに起てることができなかったその先輩は、上下の毛をライターで焼かれ、よくしなる青竹でMを赤紫に腫れ上がるまで鞭打たれた上、キンカン油を注がれて退部させられたそうだ。それを思えば、ここでどのようなことをしてもカマ首をもたげさせねばならない。

それに俺のMは、その時、俺自身の所有を離れ、部の管轄するところとなったのだから、おっ起てねば先輩諸兄に申し訳が立たぬ。

俺は焦った。両手で懸命にしごくのだが、緊張の極点の中でその持続による疲労と焦りで、なかなか起たない。

「おぅ、まだか。テメェほんとに男かよ。男ちゅうもんは、常に天を向いているもんだ。大きく、固く、充血して、熱く燃えたぎっていて初めて男ちゅうもんだ」

業を煮やして、井出先輩がツッと俺の前に来ると、俺の肉を、スリコギか何かのように激しく揉み上げた。その間、俺は先輩の温情に感謝する意で不動の姿勢をくずさず「う押忍、う押忍」と吠え続ける。

下級生である俺に、許された言葉は、この「う押忍」だけである。先輩への返答、挨拶全てこの一言でなされねばならないのだ。もちろん、先輩に直接こちらから口を開くことは許されていないのだから。「う押忍」は先輩に対する盲目の敬意と、絶対服従の意味しか持っていなくても、事は足りるのだ。

力まかせに、情容赦なくグリグリと揉みしごかれて、俺のMは次第に、そのかま首を持ち上げた。赤くつややかに充血して、はち切れんばかりに太くなってピタピタと俺の腹をたたく。

「よし。着衣の儀」

再び河野先輩が宣言の声をうなりあげる。俺は「う押忍」と一声あげると神聖なユニフォームを手におしいただいた。ユニフォームとは名ばかりで、要するに一枚の真新しいサポーターなのである。だが、この超ビキニの白い特製サポーターが俺に許された唯一のユニフォームであれば、着衣の儀は、やはり神聖な男組への入門の門出にふさわしいとも言える。

この白いサポーターが、俺の汗とほこりにうす汚れた時、俺は男となる最後のそして最大の儀式に臨むことになる。その時、このサポーターが何に使用されるかは、俺はまだ知らぬ。それは苛酷な遵奉（じゅんぽう）の一週間が経過した時、俺の体を通して知るところとなるのだが……。

俺の鍛えられて、押せば力強くはじきかえす双の足は、汗でべっとりとすね毛が張りつき、真新しいサポーターを通すと、すね毛が汗の玉をはね上げる。適度に丸く突き出た尻の肉に到ると、その小ささゆえに、サポーターはキュッと悲鳴をあげた。汗で滑り易くなっているとはいえ、俺の肉づきのいい尻を被（おお）うには、やはり小さすぎるのだ。おまけに、今しがたの井出先輩の愛のしごきで、常より太く長く息づく俺の雄は頑固にそれを拒んでいる。周囲に坐る諸先輩のきびしい視線を感じ、俺は強引にサポーターを引き上げた。サポーターは俺の尻の線を、割れ目までも、くっきりと浮き上らせ、ようやくのことで所定の位置におさまった。だが俺のMは、サポーターの前袋に入るにはあまりに怒りすぎ、ズキンズキンと絶えず吠え続けているため、Mの先は、サポーターのゴムに、形をゆがめられながらも、赤くすれたひょうきんな顔をのぞかせていた。

「着衣の儀終了」

河野部長が一きわ大きく張り上げた声でどなった。俺は「う押忍」と先輩一人一人に感謝を捧げる。野田会長に向い深く頭をさげて俺は吠える「う押忍」と。会長は腕を組んだまま、その荒けずりな造作の顔を俺に向けると、俺の体の頭からつま先まで、じっくりと視線を移し、やがて言った。

「二回生！　俺の前に進み出ろ」

俺はぎこちなく体を前進させた。Mがサポーターにこすられ、自然とそう歩かねばならない結果となったのである。

俺は野田会長の前まで進むと、歩調を止め直立不動のまま次の御言葉を待った。坐っている野田会長の丁度の目の位置に、俺のMが、恥ずかしげに、だが、いたい程男を誇示して起っている。

野田会長は、目の前に脈打ち、つややかな光沢を発している俺の先に、ついっと腕を伸ばし、そのごつい指で荒っぽくまわしながら、言葉を続けた。

「今日から一週間、俺達がじっくりとお前を一人前の男に仕上げてやる」

「う押忍！」俺は絶え間なく襲われる快感に声も震えがちだった。

「その神聖なユニフォームに恥じない男だと俺が認めるまで、お前はどのような苛酷なしごきにも耐えねばならん」

「う押忍！」

俺のMの先にまたも雄の発情の先走りが、にじみ出る。野田会長は、小まめに休止を取り、決して俺が爆発しないように細心の注意を払っている。

「レスリングは男のスポーツだ。男と男が体をぶつけ、汗を流し、互いの技の限りをつくして戦う男の格闘だ。真の男にのみ許される栄光のスポーツであることを忘れてはならん。真の男となるには、わずかな労苦をも厭(いと)ってはならんのだ。俺達が命ずるままに、盲目的に従え。恥も外聞も捨てろ。お前自身もだ。何故ならば、この一週間はお前の心も肉体も全て、部の道具にすぎんのだからな」

「うっ、うっう押忍」俺は快感の頂点の持続に、あえぎ、油汗が体を伝わって流れていく。だが、頂点に登りつめることは許されず野田会長はしごきを止めて、指先で俺をピンと弾くと手を引っ込めた。

「よし、……つけ加えるが、一週間果てるまで、お前の肉棒は部の所有物である。決して、お前がさわることは許されん。いいな」

「う押忍！」

一通り訓示を終えると、野田会長は、プイと横に顔を向けた。

続いて、俺は番付けに従って四回生から順に居並ぶ諸先輩一人一人に「う押忍」を繰り返す。その度に、俺は短い訓示を受け、俺のMは刺激を与えられる、白い性を噴出することのない、器用に終了される刺激をである。

この夏期特訓は大学二年の夏に行なわれるのが慣例で、将来、部を背負うに足る技量と体躯を備えた部員を五名選び出し、一人一週間の割当てで、個別に合宿所に呼び出され、諸先輩の鞭によって、男として認められるまでしごきあげられるのだ。むろん、女と寝るという大罪を犯したものは除外される。俺は高校時代からレスリング一筋に突走ってきたため、技量共に第一の有望株とみなされ、そのため、常に監視の目が光り、無垢な童貞としての資格は否応なく備わっていた。

「明日より、格闘習練を開始する。今日はこれにて解散。野田会長を始めとして、諸先輩方、ありがとうございました」

河野部長の声が鳴り響き、野田会長を先頭に先輩達は道場から退出していった。

後に残された俺は副部長の岩永先輩の命により、道場の清掃を始めねばならなかった。首に鉄輪をされ、くさりに繋がれて、岩永副部長の手綱さばきに従って、俺は道場の床を這いづりまわされるのだ。

第二章　炎の儀

その夜、俺は部長の部屋に呼び出された。俺は、道場の守備の役を負っていたので、一人、道場の固い床に蒲団一枚もなく、直かに寝ていた。それは当然のことだった。つまり神聖なるユニフォーム、すなわちビキニのサポーターは、又俺に許された唯一の寝具でもあったからだ。戸の隙間を通って、夜気が俺を過ぎていく。夏とはいえ、山間の大気は、夜の訪れと共に急速に冷えて凝固し、冷めたい少年の手のように俺の体を愛撫する。だが俺の体は若さに火照り、サポーターを突き上げて、夜の真闇に止めどなくうずき続けていた。

岩永先輩の点呼に目覚まされると、後ろ手にかけられた手錠がとかれ、俺はすぐに部長の部屋へとひき立てられた。

「う押忍」と入室の許可を求めると「入れ」と河野部長の声が聞こえる。扉を開けると、河野先輩が険しい顔を俺に向けた。俺はもう一度「う押忍」と言う。部長は冷たい視線を俺の股間に走らすと、顎で中に入るよう促した。

緊張に頬をひきつらせ、俺は中に入ると、すぐに、河野、岩永両先輩の前に直立不動の姿勢で立ち、次の言葉を待つ。岩永副部長がおもむろに口を開く。

「部長は非常に腹を立てておられる」

「う押忍」

「それと言うのも、先程のお前の不手際が原因だ。野田会長を始め、諸先輩方の前で、お前は何という醜態を演じたかだ」

俺が萎えたモノを野田会長の眼前に晒したということだった。

「今、部長と俺は諸先輩方にきつく戒しめられてきたところだ。お前のモノが力なくたれていたのも、俺達がお前を甘やかしているからだとおっしゃっておられる」

「う押忍」

「お前は、今何をなすべきかわかっているか」

わかるも何も、俺に許された返事は、「う押忍」一言しかないのだから当然、俺は「う押忍」を繰り返すのみである。

「そうだ、その通りだ。今お前が言った通りの方法で、お前がおっ起ち続けていられるように、今夜、俺達二人が矯正し直してやるありがたく思え」

俺は何のことやらさっぱりわからぬまま、とどのつまり、部屋の中央にひき出されたベッドに、むろん寝具は取りはずされ固い板だけが白々と広がっていたのだが、両手両足を荒縄できつくいましめられ、大の字に横たわっていた。

部長がまず俺の側にきて、ゾッとするような視線を俺の肉体に注ぐと、さっと手を伸ばし俺をサポーターごとむんずと掴み、激しく揉みしごいた。当然、俺は見る間に形を変え、強烈な刺激に反応しつつ、やがてきつい サポーターのゴムの抵抗も払いのけ、頭を出した。頃合を見て、充分熟し切ったと見ると、副部長が、何処からか太いロウソクを持ってきて俺の体の上で火をともした。ジジッと音を立てて、ロウソクが燃え上がると、電灯を消した部屋はほのかに明りに照らし出された。俺の突っ起たのを包んだサポーターが長い影を映じてゆらめく。

「今より始める。心してしごきを受けろ」

俺は訳もなく心が動揺し、トクトクと心臓の鼓動のみが、高らかに音をつげる。

「お前が望んだ方法によるしごきであるのだから、むろん感謝の押忍以外、声を立てることを禁ずる」

河野部長はニヤリと薄きみ悪い微笑をもらすと、副部長からロウソクを受け取り俺の体の上にさし出した。ロウソクの火は鈍い速度でまわりのロウを溶かし、やがて大きな玉を造ったかと思う間もなく、熱い滴は俺の胸を焼いた。「うっ」と押し殺した苦痛の声をあげる間もなく、第二の滴が俺の腹を襲う。

「どうだ、うれしいか。お前が望んだままに俺達は労を惜しんで、しごいてやっているんだ。少しは感謝せんか」

副部長が怒鳴る。すかさず三滴めが俺の胸に熱い皮を作った。

「う押忍」俺は苦痛に耐えつつ声を出す。次々に焼けるようなしごきの鞭は、俺の肉を苛み、その度に俺は「う押忍」を繰り返した。腹は急速度で上下し、呼吸は荒くなっていく、レスリングで鍛えた厚い俺の胸板は白いロウを中心にした赤い点々で、見る間に埋められていく。涙が目尻にあふれ、音もなく頬を伝うのを見ると河野先輩は、俺の耳元にささやいた。

「うれしいか。そんなにうれしいか。もっと泣け。涙が足りんぞ。何々、そうかしごき方が甘いと言うんだな。よしよし、まだ序の口だ。これから本格的に鍛えてやるぞ。ヒイヒイ言わせてやる。さあ泣け、うれし涙を見せてくれるとは、俺も奉仕のしがいがあると言うもんだ」

部長は次第に、敏感な部分へと攻撃を仕掛けてくる。ポタリと熱いロウが俺の乳首を突く。思わず「熱い！」と俺は口を滑らせてしまった。

「何、もっと熱く責め立ててくれと言うのか。可愛い奴だ。俺は良い部員が持てて、うれしいぜ」

右の乳首を白く埋めつくし、今や左の乳首もほぼ白い山となったところだった。

俺は急速に萎えて縮んでいく。すると岩永先輩が前と同様グリグリと揉み、こねあげる。俺は再び激しく反応し、先端がサポーターからはい出す。

左の乳首を終えると次に腋の下を責めつけてくる。日頃、日光に当ることのない俺の腋は白くなまめかしく息付き、モシャモシャと形よく繁茂する腋毛は、油汗で小さい玉を連ねている。特訓期間中は、体を洗うことを許されていないため、俺の腋毛は昼の汗にほどよく蒸され、きつく嗅覚を刺激する甘い雄の臭いを発散させていた。腋も右から左へと隙間なくロウの皮で埋めつくされると、河野先輩は残酷な笑みを浮かべながら言った。

「さて、お前の言う通りに、もっと強烈に責めてやるぜ。こうしてやるんだ」

ロウソクの火が弧を描きながら近付くと、次の瞬間、ジジッと音を立てて俺のロウで固められた腋毛を燃やした。独特の臭気と共に一度固まったロウが再び熱に溶け、俺の腋を二重三重に焼きあげ、うず高く重なったロウが行き場を失うとタラタラと黒い線を引いて背の方にたれ流れていった。

俺は声も嗄れ果て「ヒィ、ヒィ」と空気のすれ合う音だけが口をついて出る。その間、俺は副部長の絶えることなき愛撫で、そこだけ俺の意志に反するかのように快楽を貪り、起ちっ放し続けていた。

体のほとんどがロウでぬり込められたことを知ると、部長は最後の目的に向って、つまり一番敏感な部分に視線を動かす。

俺のMは何も知らず、無邪気に赤くむけ切った宝冠をサポーターの幕からのぞかしている。部長はロウソクを静かに移動させると透明な液を分泌しているMのさけ目に目標を定めた。

白熱した滴が、ゆっくりと大きな玉になるまで巧みにロウソクを動かし、今までの倍の大きさになるまで育てあげると、部長はそれを俺のMの先端にたらした。俺は「うっ」と口にする間もなく、あまりの熱い鞭に気を失った。

第三章　習練

翌日、道場は再び円陣が組まれ、俺は中央に立たされている。野田会長の出座を待って習練が開始されるのだ。俺は足と首の筋力を鍛えるという名目で双の手を後ろ手に縛り上げられている。

「これより習練開始」

例の通り河野部長の声が響き渡る。全員「う押忍」の声と共に、俺はこれからの非情なるしごきの開始を知った。

俺は道場の中央で、頭と足のみによるブリッヂの姿勢で待機している。まず岩永副部長が前に進み出ると、野田会長の前で「う押忍」と一礼し、俺の体に挑みかかってくる。ブリッヂの姿勢で仰向けになっている俺は、つまり股間を前に押しあげる格好を取らされているわけだ。昨夜の両先輩のしごきで、俺の雄は常時、怒号を発している。否が上にも、俺のそれは太く長く充満した重量を強調していることになる。

「こいつぁ、二重ブリッヂだな。いい格好に反り返ってるぜ」

卑猥（ひわい）な声が聞こえよがしに飛ぶ。

練習中、不手際があってはならぬということで、すなわちレスリングは肉と肉とがすれ合う機会の多いスポーツなので、俺の雄の象徴がその刺激に耐えられず若い男のエキスを噴き出し、しごきをつけて下さっている先輩の体を汚すことのないよう、その朝きつく根元をパッキングされ、決して雄の白い汁を飛ばすことのないようにされていた。

レスリングの練習と言っても、この夏期特訓は一人前の雄となる習練でもあるため、いささかしごき方が変っていた。岩永先輩は悩ましく雄を誇示している俺のMに腕をかけ渡すと、ゴリゴリとこするように動かしたり、よく発達した毛深い双の足で俺の下半身を挟み込み、ゆっくりと上下左右にこね回したりする。

またたく間に、俺の体からは汗が吹き出て腋を伝って流れ落ちていく。ぬらぬらと汗に濡れた俺の体を扱いにくそうに先輩はしごいていく。しかし肝心の俺の雄への摩擦は絶え間なく続く。

俺は双の腕を後に奪われているため、反撃に出ることは不可能だ。ただなすがままに、体を委(ゆだ)ねているだけで、単なるデク人形はユラユラと体を波うたせているだけだった。ただ、クチュクチュと汗で濡れた肉体の摩擦音が聞えるのみである。

十五分間隔で相手は交替するのだが、俺は体を休めることは許されない。その間ずっと強烈な刺激と、連打して襲ってくる快感に耐え続けねばならないのだ。何人かの先輩の相手を務めあげた時、河野先輩が又も怒鳴った。

「よし、小川、活を入れてやる。その場に膝を屈して立っていろ」

それは、俺に休息を与えるためのものではないことを、俺はすぐに理解した。文字通り活を入れて下さると言うのだ。それも俺の口と舌を使うことによって……。

数名の先輩が俺の前に立ちはだかると、それぞれ服を脱ぎ始めた。数分後俺の前には、無造作に繁茂する黒い茂みの中に力強く青筋を浮き立たせている若い健康な雄が、天を窺(うかが)ってピクピクと威勢よく立ち並んでいた。

「おう、二回生！　先輩方はお前のためにここ数日間というもの、青春の発露を耐え忍び、こうして、雄の活力の源水をためて置いて下さったのだぞ」

「う押忍！」

「精一杯、先輩方の宝刀を、ほうばって活を入れて頂け。いいな」

河野部長がそう言うと、俺は「う押忍」と吠え、右端の飯島先輩の砲身に、おそるおそる口を寄せた。

「口を大きく開けて喉咽チンコに触れるまでだぞ。俺は近親相関が好みなのよ。つまりチンコとチンボコのよぉ」

飯島先輩は鼻唄まじりに言うと、俺の頭を両手でかかえた。俺は苦しさに顔を赤くさせ、目からは涙がにじみ出た。俺の鼻先には、ブリーフに蒸されてすえた臭気を発するつややかな毛の密集が、俺を小馬鹿にするかのように、チクチクと刺した。

グッグッと音を立てて苛酷な奉仕は続けられ、やがて頭上で、押し殺したあえぎ声が洩(も)れ始めたと思うと、やにわに先輩の手が俺の頭をかき寄せた。俺は己の喉咽の奥壁に先輩の愛液を感じた。

第四章　玉水の儀

四日目のことである。

その日まであの習練は絶えることなく続けられていた。しごきの間、俺は水を飲むことを禁止されていた。むろんあれは別であるが。それは体力の低下を防ぐという理由の他に、もう一つの理由があったのである。この日俺は、身をもってそれを知らされた。

四日目、丁度特訓の中日に当るその日、一通りしごきをつけられ、いつも以上に俺は喉咽がヒリヒリ痛み、水に飢えていた。朝目覚めた時から俺は水を飲むことを禁じられていたのである。

「玉水の儀」

再び河野部長の怒鳴り声がこう叫んだ。俺はゼイゼイと荒い呼吸をしつつも、その声に直立し、次の試練を待った。

野田会長はゆっくりと立ち上がり、大股で俺の方に近付いてきた。俺の腕のいましめが解かれる。

「両手をあげろ」

野田会長は低いしゃがれ声で命ずる。俺はサッと両手をあげるつもりが、長い時間いましめられていた腕は不器用に俺の思惑に答えてくれない。すかさず往復ビンタが俺の頬を見舞う。

「両手をあげろ」

会長は再び押し殺したような声で命ずる。俺はゆっくりと手を挙げていく。

野田先輩は、顔をすっと近付けると、俺の腋の下に鼻をすり寄せ、くんくんと臭いを嗅いでいたが、やがてもとの姿勢にかえるとおもむろに口を開いた。

「いいか、男というものは、常に雄の臭いを発散させているものだ。雄の臭いとは、要するに汗にまみれ、むらされ、すえた臭いと、雄本来の持つ野性の臭いとの結合だ」

「う押忍」、俺は声のかぎりで吠える。

「四日間のしごきは、お前の雄の臭いを強烈に造り出してきたはずだが、こうして俺が鼻を近付けてみなければわからん程度じゃ、雄の値うちはない。数メートル離れたところからでも、むんむんと煮しめたような臭いを漂わせる男こそ真の雄だ」

「玉水の儀をもってお前に雄の臭いをより強くつけてやる」

「う押忍！」

「二回生、小川猛　その場に正座」

河野先輩が再びどなる。

俺がすぐに正座の姿勢で背を伸ばし、顔を正面に向けると、野田会長はズボンを抜ぎ捨て、白いビキニブリーフ一枚で立っているのが見えた。

丸太のように太い足は、堂々と地を踏まえ、鉄柱のように堅肉な太股には一面に剛毛が、びっしりと生えていた。雄特有のむっと鼻をつく、すえた、それでいてせつなく甘い臭いがプーンと臭ってくる。確かに数メートル離れていても野田会長の臭いは、きつく、やるせなく俺を包んでいたのだ。俺は、あの臭いが俺のものになるのだと、ゾクゾクと背筋が震える程に、うれしさで胸が一杯になった。

「玉水の儀」河野先輩が再び宣する。俺はこの玉水が何を意味するのかわからないまま期待で目を輝かせていた。

野田先輩の股間には、白いブリーフが張りつくようにしがみつき、先輩自身の雄をはち切れんばかりに包み、小さな薄布では収めきれない黒光りするその毛が脇から乱雑にはみ出している。

野田先輩はゆっくりとそのブリーフをさげていくと、いままで限定されていた空間のひろがりを喜ぶかのように、逞(たくま)しく太い先輩のものが、ドサッと俺の前に雄を誇示して現れた。赤紫にむき出された宝冠はヒタヒタと先輩の腹を小刻みにノックし、めくられた皮はキチキチと音を立てるかのように堅くわだかまっていた。青筋や赤筋が奇妙な模様のように複雑に絡み合いズキズキと脈打っているその容姿は壮観である。

野田先輩は、軽く己のものをなでてあげると砲身を俺の方に向けた。俺の目の前で、先輩は、さけ目を開閉させていたが、やがてグッと先端を膨張させたかと思うと、勢いよく玉水を噴き出させた。

玉水は、暖かい湯気を立ち登らせながらとめどなく放水を続け、先輩は、俺の刈り上げた光沢のある短髪の上から、顔に、コリコリとした筋肉で包まれた肩へ、さらに胸へと次第に下方に目標を変え、またたく間に俺の肉体は、シャワーを浴びたように濡れそばっていく。先輩の玉水は、ツンと刺激臭を発しモヤモヤと湯気で俺の体を包みながら滝のように流れ落ちていった。

へそから、下腹部に移行した玉水は、俺のMの位置で滞まり、サポーター越しに、俺のに熱い愛撫を与える。一通り、俺の肉体に洗礼をすますと、再び先輩は砲身を上に向け、俺の顔めがけて玉水を浴びせかけてきた。俺は先輩の温情に対して感謝の「う押忍」を繰り返す。やがて、先輩の臭いを我身にふり注いで頂いている幸福感に、俺は口を大きく開いた。先輩は、その穴深く届けとばかりに最後の放水をする。俺は喉奥を打つ玉水を、ごくりごくり音を立てて飲み干すと、体の奥深くまで先輩の臭いをしみ込ませた。

「いいか小川！　今、お前は、お前の汗の臭いと、お前自身の体臭とに加えて、野田会長特製の雄の臭いのエッセンスを頂いた。一人前の雄へと一歩前進したわけだ。いたずらにおろそかにはできんぞ、篤（あつ）くお礼を申し上げろ」

河野部長が言った。

俺は、すでに宝刀をしまい、ズボンを穿（は）き終えた会長に向い、力の限りをふり絞って雄の叫びをあげた。

「う押忍」

第五章　血統継承の儀

ついにこの夏期特訓最後のそして最も重要な儀式の日がきた。七日目のことである。

「血統継承の儀」つまり将来部の幹部とし、部の発展に寄与する資格と責務を継承する者として認められる儀式である。

諸先輩はすでに道場に、部のユニフォームつまりサポーター一枚の素裸のまま、例のごとく円陣を作って坐り、衆人待望の中を俺は静かに、そして厳粛な面もちで入場し、円く空けられた中央に進み出る。先輩一人一人に顔を向けると「う押忍」と挨拶を繰り返すのもいつもの通りである。

「よく耐えたな。その忍耐でこれからの部を盛り立てていってくれよ」等という訓示はまれで、多くは下卑た罵声で終始する。

「よう二回生！　一週間、テメェのキンタマにゃ、雄の汁がたまりにたまってるんじゃねぇのか。今夜じっくりシャンパン、抜いてやるぜ。どうだうれしいか、うれしいなら返答せい」

俺は、ほんのり頬を染めて「う押忍」と吠える。

「汁ばっかりじゃねぇよ。きっとこいつ、どっさりとチーズもおっつけてやがるぜ。おい、朝倉よ！　後でこいつのチーズを肴に酒を飲むとしようぜ」

話しかけられた朝倉先輩はニヤリと口を歪めて、片笑いをもらすと、

「昨年の河野は、たっぷりと白垢をつけてたから、屠りがいがあったが、ちぃと味がもう一ついけねぇ。今年は、じっくりと堪能できそうだぜ。ほらよぉ、あの面構え、美味そうに顔をのぞかしてるぜ」

言われた河野先輩は、この時ばかりはうつむいて、顔を上気させていた。

「そう言えば、去年はケツの穴にビー玉がいくつ入るか実験したじゃねぇか。岩永が一番多く入れやがったが、こいつはどうかな」

「面白え。血統継承の儀が終れば無礼講だ。いっちょ、試してみるか。誰かビー玉持ってねぇか」

「おう、あるぜ。だが去年より一回り大きいが」

「構やしねぇよ。なぁ小川！」

「う押忍」これ以外の返答は許されない。

「ほら見ろ。うれしいとよ！　あんまりうれしくてケツの穴がピクピクとあえいでるとさ」

こうなれば、誰が誰だかわからない。訓示も何もあったものじゃなかった。俺はこの夏期特訓最後の夜を、体を破壊されずにすめるのかどうか、首を傾けたい気持だった。

尻の穴にはビー玉を際限なく詰め込まれ、M毛は一本一本違ったやり方で抜き取られ、果ては、俺の魔羅の強度を調べるとかで鉄アレーが取り出されるに至っては……。

一騒動が納まると、俺はもう一度でっかく「う押忍」と吠えあげると、再び中央にもどり、沈黙を守って、祭儀長つまり野田会長の到来を直立不動で待った。

しばらく後、「血統継承の儀」と河野部長の声がし、それと共に野田会長が同じようにサポーター一つの仁王のような姿で入場する。白く小さいサポーターは、先輩の筋肉のかたまりのような良く張った尻にぴっちりと食い込み、前袋を盛り上げた重鎮が、薄布越しに黒ずんで見える。歩を進める度ごとに、それは奇妙に形を変え、臼の中のモチのように柔軟な盛り上りは、俺を嘲笑(あざわら)うかのように威圧的である。

小麦色に日焼けした体躯に、申し訳程度にへばりついたサポーターの白さが俺の目を眩惑(げんわく)する。野田先輩は、皆の押忍の声の中を堂々と地響きを立てながら、やがて円陣の中央に歩み出て、俺と向い合わせに立つ。雄の臭いが、心持よく、俺を悩ませる。

腹から胸にかけ、荒縄を捩(よじ)ったような肉のレリーフが浮かび、胸は二枚の盾を並べ立てたように張りつめている。その中程に、小大豆粒程の赤紫に色づいた乳頭が、恥じらいがちに突き出て並んで見える。堅くいきり起っているのは、発情の現れている証拠だろうか。足の剛毛の密生に反比例し、胸板には、まったくと言っていい程毛がなく、彫像のように赤銅色のなめらかな線を引いていた。

「この儀式を最後として、お前は一人前の雄として認められる。その誇りをもって、部のために全精力、いいか全精力をだぞ、傾けて尽し抜いてほしい。今日までよく苛酷な試練を耐え抜いた。

俺からも褒めてやる」

今までに似ぬ、やさしい語調に俺は一瞬戸惑いがちに「う押忍」と答えた。その時、俺は野田先輩の瞳の奥にキラッと輝く不可解な光を見逃しはしなかった。

すぐに会長はいつもの険しい表情に戻り、人を切るような口調で言った。

「これより血統継承の儀を執り行なう。二回生、小川猛はその場で、神聖なるユニフォームを脱衣、部に返還せよ」

俺の一週間穿きつめたサポーターは、始めの白さはもはやなく、うす茶色く色を変え強烈な臭いを発していた。雄の臭いはすでにこのサポーター同様、俺の体に染みつき、若い雄としての資格を、充分に与えられたことを俺は知った。

サポーターを恭々しく捧げると、会長は両手にそれを広げ持ち、丹念に俺の雄の発情の印の有無を調べていたが、その印の無いことを確めると、部員各自によく見えるように、高く掲げ、その場で一回転する。それから河野先輩を呼びつけ、一人一人に回覧させた。

「いい按配に臭ってるぜ。うっ、たまらねぇや、この臭い。今年は例年になく強烈だぜ」

その先輩は、自分のもとに回されてきた、俺のサポーターに鼻をつけて、フーッと大きく息を吸い込みながら言った。

「奴の股のふくらみがくっきりと張り出ているぜ」

サポーターを押し上げて、俺の形を浮き上らせているその曲線を、いとおしむかのように、無骨な指で撫でている先輩もいる。

俺が一人にされる時は、いつも根元を固くパッキングされ、決して自決することのないようにされてきたのだから、当然のことではあるが、おかげでこの一週間たまりにたまった俺の雄のエキスは、重く双の玉の中に秘蔵され続けたことになる。

サポーターを巡廻させせると、野田先輩はそれを受け取り、再び俺と対峙した。

やがてサポーターは完全に口中に納まった。

「小川猛！　口を開け」

会長は言った。俺が言われるまま口を大きく開けると、先輩は手に持っていたサポーターを器用に丸めて、俺の口の中に押し込んだ。剛毛が生えたぶっ太い指が、俺の口の中で器用に動くと、やがてサポーターは完全に口中に納まった。

きつい臭いが鼻をつく。しかし今の俺には、吐き気を催す程のその刺激臭も、たまらなくいとおしい。雄の秘臭だと思うと、むしろうっとりと恍惚感を誘う心地よい存在だった。俺は胸一杯にその秘臭を吸い込み、頭がボーッとするほどに酔いしれた。

それは、この一週間俺が流し流させせられた汗と、あの先輩の玉水が染み込み、加えて俺の体臭と、全て雄の体から分泌された精分のみが醸し出す、神泌的な芳香である。

「そのユニフォームは部の象徴である。食い物がお前の肉体を形成するものならば、そのユニフォームは、お前の精神の寄り所となるものだ。こうして今、お前が口に含み入れたことによって、部の精神は、お前の体内深く浸透する。夏期特訓終了後は、部の秘宝として部屋に保管するから、お前が幹部となり、困難な障壁にぶち当った時には、いつでもこうして口に押し込み、雄たる誇りと精神を呼び戻せ。いいな小川！」

「う押忍」

俺は口中のサポーターを舌で撫でて見た。塩からい味が広がり、ザラザラとした感触が俺の心を動揺させた。

「血統継承の儀」

キリリと響く河野先輩の声だ。

「部の純血を今より注入する。この血液は部の正統なる継承者としての資格をお前に与えるものである。野田先輩、よろしくお願いします。う押忍！」

それを聞くと野田会長は大きくうなずき、おもむろに肉に食い込んだサポーターを、薄皮をはがすようにクルリとはぎ取り、一糸まとわぬ素裸になった。

「ホーッ」と嘆息とも感嘆ともつかぬどよめきが、場内にあふれる。俺が畏る畏る、先輩の股間に目をやると、俺は驚きのあまり、「アッ」と小さな叫びをあげた。それは見事な雄の怒号であった。渦巻き、波うつ剛毛の、うねるただ中に、一匹の巨竜が、ちょっとした握りこぶしほどもあるかま首をもたげていたのだ。玉水の儀の折は、放水に障りがない程度に手加減しておられたことを、俺はまざまざと知った。赤紫に張り切った頭は、刀物をあてがえばパンと音を立てて破裂するか又は、赤い鮮血を溢れ出させながらザックリとその形を維持しつつハムのように切り口を露呈させるか、その何れかであろう。先端からは、絶え間なく透明なほとばしりを滴らせている。トクトクと溢れ出る音を、俺は幻覚の中に聞いた。

「そこに膝まづけ。そして頭を垂れ、ケツを俺に向けてささげ上げろ」

つぶれた声が命ずる。俺は素直に、膝まづき、尻を先輩に向けて突き出した。期待と興奮のため常よりも、俺のは激しく脈打ち、いまにも若い血潮を飛ばすかのようだ。

先輩は、双の手を俺の尻にかけ。左右に押し広げるようにし、秘口の位置を確かめると顔を近付け、舌で撫で上げる。俺は先輩の舌のザラつきによる痛痒感に、腰をむずむずさせた。先輩の舌が、確実に俺の秘口をうるおしていく。周囲はまったくの沈黙が幕を垂れている。

俺の秘口が、舌に撫でられるたび小刻みの痙攣を始めたことを見定めると、先輩はゆっくりと己の砲身を目標に当てがい、その先で二、三度、俺を焦らすように愛撫し、やがて時がきたことを悟ると、ゆっくり埋め込んでいく。その瞬間、俺の先っぽにツーンと熱い痛みが走った。

先輩のぶっとい砲身は、ジリジリと一進一退を繰り返した。やがてフッと痛みが遠のいた。納まったのを確かめると、先輩はゆっくりと腰を使い始める。再び耐えられないような痛みが、俺の体を突き刺した。凄じい激痛の走りだったが、口はあのサポーターで塞がれているため、声は籠って「うっ、うっ」とうつろに響くのみだった。

先輩の汗が、俺の体にポタリボクリとたれ落ち、やがて俺のふき出る汗に混じって、床に滴り広がる頃、痛みは次第に快感に変っていくのを俺は知った。

俺の尻は、一定の周期で、かたく締まり、先輩はよがり声を高め、やがて来る大爆発の訪れを予告する。

何度めかに俺の秘口が締まった時、突如先輩は「うぉー」と雄の叫びを吠え上げた。そして俺の体におおいかぶさるように身を投げかけてきた。その重みの中で、俺はしたたかな青春の噴出を感じた。そしてその時を同じくして、俺も又、雄のあかしを噴き散らし道場の床一面を、キラキラ輝く乳で溢れさせた。

俺は雄として、その時一人前となったことを、恍惚とした意識の遠のきの中で知ったのだ。

第六章　そしてその夜

初出　「さぶ」一九七八年七月号 増刊

熟れた肉体に

第一章　蔵の中

重い鉄扉を開けた時から、その臭いは鼻腔（びくう）をついた。それは雄の匂いだ。男の肉体から発散する濃厚な体臭が、汗に蒸れて、更にきつく暗い部屋の中に充満していた。

そこは、かつての豪農が、多くの農奴の汗によって築きあげた屋敷の一画にある蔵の中だ。

今は持ち主も替わり、その昔、いくたの珍器を納めていた蔵は、ガランと空虚な、暗く挨にまみれた闇にすぎなくなっている。

床に積もった埃を拭うこともしないので、一歩足を踏め込めば、足裏にサラサラと溜まりに溜まった挨が、絡みつく。

三時間前に、淳也は、兄貴に連れられ、この蔵の闇の中へと閉じこめられたのだ。

「いいな！」

その時、兄貴は、淳也の顔を冷ややかに凝視（ぎょうし）して、そう言った。

兄貴の言葉にさからえるはずもなく、淳也は、黙ってうなずいた。それが始まりだった。これから何が始められようと、否、正確に言えば、兄貴の手によって、何をされようとも、それは、淳也の意志であったのだ。

兄貴は、淳也の通う大学の、水泳部のＯＢだ。夏の合宿の折、たまたま顔を見せに来た夜、淳也は兄貴に、童貞を半ば強制的に、奪われた。

水泳パンツ以外は真っ黒に日焼けした淳也の脂ののりきった若い肉体に、兄貴の乱暴な愛撫による射精が連続三度に及んだ時、汗にヌメった淳也の胸から腹一面に、淳也の白い血潮がベッタリと飛び散っていた。

淳也のそこだけ焼け残った生身の雄イモを嬲(なぶ)り、四度目の射精を強要しながら、荒い呼吸に胸を激しく上下させていた淳也の耳に、兄貴は言ったのだ。

「合宿が終わったら、俺のとこへ来い、俺の味をたっぷり味あわせてやる。俺の手でとことん、お前のこの肉体を、燃やしてやる」

ここまでの道すがら、兄貴の車の助手席に坐らされながら、兄貴はほとんど無言だった。無言の威圧は、淳也にはたえがたいものだった。

これから一体、何がなされるのか、それはうすうす淳也にもわかってはいたが、こうして来てしまった以上、淳也はもうそれに同意していることになるのだ。

「久し振りに、お前の肉体を見させてもらうか」

兄貴は蔵の中に淳也を連れ込むとそう言った。天井近くにある、明りとりの小窓から、斜めに射し込む陽光の、光の帯の中で、幾万もの埃の粒がユラユラと舞っていた。

「はい！」

淳也は、着慣れたグレーのトレーナーを、脱ぎ始める。ジッパーを下に降ろせば、肉の色が透けて見える薄いTシャツ一枚だ。

胸の厚みが、そのTシャツを左右にグッと引き伸ばし、乳首の突起が、やけにはっきりと浮きあがっていた。

「どうだ、合宿以来、股間が疼いて仕方がなかったろう」

兄貴は、淳也の脱ぐ様を、ジッと観察しながら言った。

「は、はい」

それは嘘ではなかった。残暑の厳しい独り寝の下宿の部屋で、淳也は悶々とした夜を過ごしてきたのだ。何もすることのない秋の夜長、淳也の手は自然股間に伸び、小さいブリーフの中へと侵入していく。

だが、あの合宿の夜の強烈な愛撫の後で、独り遊びは、味気のないものとなっていたのだ。

淳也は、何のためらいもなくTシャツを脱ぎ捨て、トレーナーのズボンもかなぐり捨てる。うっすらとかいた汗が、淳也の裸身を、ギラギラと脂っこく輝かせていた。もともと体毛の濃い方ではなかったが、それでもあるべき処には、もっさりと豊かな漆黒の繁茂があった。

腋下の繁みは、両手を垂れていても、腋のつけ根からモサモサとはみ出ている。股間には、密林を思わせる程に豊かに成長した巻き毛が密生していた。それは、淳也の穿く小さめのブリーフには収まりきれず、常に、ブリーフの脇からとび出していた。

夏の合宿前に、先輩の手で、水泳パンツからはみ出ぬように、剃られたにもかかわらず、既に伸びてしまっているのだ。

「そいつも取っちまいな!」

兄貴は、ニヤニヤ笑いをしながら、そう命ずる。

淳也のブリーフは、もうその内容物の形をくっきりと浮きあがらせていた。わけても、部内で評判の巨根が、兄貴の耳に入ったからこそこの次第なのだ。青筋をたてた、その血管のプクンとした脹らみが絡みついた茎の太さ。そしてすもも大の先端部の脹らみの中央にはスッと一直線に筋が入り、そこからトクトクとわき出る先走りの汁に、もはや、ブリーフはぐっしょりと濡れていた。

淳也は、ブリーフのゴムに手をかけると、何のためらいもなく、一気にそれをずり下げた。とたんに、ブルルンと威勢よく、淳也の雄イモが飛び出す。隆々とそそり勃つ生身のイモは、淳也の腹を、ピタンピタンと盛んに叩いていた。

「そこの光の当たっているところに立って、俺によく見せな」

淳也は天窓から射し込む光の帯が、丁度股間に当たるように、立った。まるで、スポットライトを浴びているかのように、淳也の体は暗闇に没し、股間だけがくっきりと浮きあがる形となった。

それは、別個の生き物のように、淳也の腹に透明な汁をはねつけながら、兄貴のひと撫でを誘っているのだ。

だが、兄貴は「フン!」と鼻を鳴らすだけで、一向に握る様子もない。それのみか、淳也を立たせたまま、飽かずながめるだけなのだ。

「あ、兄貴!」

淳也は既に、そう呼ぶよう命じられていた。

「兄貴！」

声がせつなく震えてしまう。

兄貴は、淳也の前に青竹をグイッと伸ばしてくる。それは二メートル近くある青竹だった。ツンツンツンツン。兄貴は、その先端で、淳也の雄イモを、二三度いじる。

冷たく固い青竹は、淳也の欲情をもてあそぶように動く。

「ケツ割って、両脚をめいっぱい、おっ広げな。この青竹で、お前の脚首を固定してやる」

淳也は、両脚を広げる。Vの字の逆さになった形の両脚の付け根で、淳也の雄イモは、グビングビンと旺盛に鎌首をふりたてていた。

兄貴の命ずるまま、淳也は大股を広げた不自由な形で、自分自身の足首に、自分自身で荒縄を巻きつける。

青竹と足首を直角に交じえたその交点に、毛羽立った荒縄を、ギュウギュウと力をこめて結わえるのだ。

腰をまげ、かがむと、淳也のすぐ眼の前に淳也の雄イモが迫り来る。プンとあの臭いがした。それを弄る（いじ）ことは、しかし、淳也には許されない。

両脚を青竹のつっかい棒で、おっ広げた格好になると、兄貴は淳也の背後にまわり、太い梁（はり）からもう一本荒縄を垂らした。

淳也が既に気付いた通り、その荒縄は、淳也の手首を結わえ、やがて、ズルズルと上へ引きあげられていく。

今や、淳也はYの字に、梁から吊られる格好になったのだ。

指先でようやく立つところまで、兄貴の荒縄を引く手は止まらない。キリキリと音をたてて、淳也は前も後ろも完全無防備の姿で吊り下げられた。ピンと張った荒縄を柱に結ぶと、もう淳也は、ロープ一本で兄貴の前に立たされていたのだ。

兄貴は、淳也の背におおいかぶさる格好で淳也の前に両手を伸ばしてくる。

「お前の、この肉体には、縄が似合うぜ」

兄貴の手は、既にうっすらと脂汗がかき始めた淳也のせり出た濃い胸を、ゆっくりと撫で、揉みあげる。

「まるで、吸い付くような胸の肉だな」

そう耳に言葉を吹きかけられると、淳也は限を閉じ、うっとりと兄貴の愛撫を享受する。

淳也の乳首は、次第に脹れ、ツンとその先端が勃ってくる。そのコリコリとした突起を兄貴は、抓(つま)み、グリグリと荒々しくこねまわした。

暗い蔵の中で、素っ裸にされて荒縄で吊り下げられた淳也の若い肉体は、今や、兄貴の思うがままにいじくられる以外の役目はなくなったのだ。

淳也の股間は、ますますいきり勃ち、バシバシバシと盛んに淳也の腹に透明な飛沫を飛び散らせていた。

第二章　出してぇよぉ

兄貴は、こうして淳也の肉体を燃えあがらせると、急に愛撫を止め、淳也の前にまわった。淳也の胸の肉には、兄貴の手の跡が赤く残っていた。

野郎の胸をまさぐるのに、やさしさなどいらない。欲望のおもむくまま、半ば胸の肉をひっぱがすように、荒々しく揉んでやればいい。

そして、興奮に思わず垂らしたよだれが、淳也の唇の端から糸を引いて淳也の胸にたれていた。

「ああ、兄貴、俺の、俺のペニスをいじくってくれよォ！」

淳也は、不自由な体をよじり、腰をグッと前につき出し、兄貴を待つ。他人に、自分の最も恥ずかしい部分を勝手に触られる快感を、淳也は、既にあの合宿の夜に味あわされていた。

「ペニス！　そんなシャレたもんを、お前、股倉におっ付けてるとは初耳だぜ」

兄貴は、冷ややかに笑いながら、言った。

「で、でも、兄貴ぃ！」

淳也は、せつなさで、声が震えてしまう。

「こいつのことか、お前がペニスって言うのは！」

兄貴の手が、淳也の股倉に伸びると、その剥(む)けきった先っ穂のすもものような赤黒い肉片を、兄貴は親指と人指し指で挟み、思いきり潰すように抓み、ひねりあげる。

「ウガーッ！」

淳也は、思わず叫んでしまう。それは、予期せぬいたぶりだった。隆々と堅く勃起した淳也の雄イモに、カッと炎に包まれたような熱い激痛が走り、ひきつるような激情が、淳也の頭をくらました。

「あ、兄貴、や、やめてくれっー」

「何をだ！」

「手を、手を離してくれっ！」

「ダメだな、俺がいじくってやるのは、ペニスとかいうシャレたもんじゃないぜ。俺の好みには合わねえよ。だから、そんなもんは、こうして、ぶっ潰してもぎり取ってやるぜ」

「うう！　兄貴、ペニスじゃないよ、ペッ、ペニスなんて、俺、持ってないよ」

「ふん、ようやくわかったな」

兄貴は、真っ赤に脹れあがった淳也の雄イモも、ようやく、離す。淳也は荒い息を繰り返し、ガクリと頭を垂れた。全身から、一挙に吹き出た脂汗が、ダラダラと体中に伝い流れる。

「いいか、淳也！　こいつはチンポって言うもんだぜ。以後は、そう言いな！　わかったか」

「……」

「わかったら、返事しろ、返事！」

「は、はい！」

「よし！」

兄貴は、ニヤリと笑うと、細紐を取り出す。そして、淳也の前でしゃがみ込むと、淳也の亀頭を完全に剥きおろして、首の部分にその細紐を巻きつける。

キリキリと肉に食い込んでくる細紐は、怒張しきった淳也の雄イモを、情容赦なく締めつけてきた。

兄貴は、その細紐を淳也の腰にまわし、尻の上の部分にギュッと結ぶ。今まで、ビクンビクンと小刻みに首を振っていた淳也の雄イモは、こうして、ピッタリと腹の肉に、くっつけられたのだ。

そして、兄貴は、更に一本細紐を取り出すと、それを淳也の雄イモの根元にグルグル巻き、更に双玉のひとつひとつを分けるように、くくりあげた。

チリチリと細紐が肉をはむこそばゆい痛みは、淳也をもだえさす。ツーンと一直線に、血を止められた冷たい感触が、淳也の雄イモ全体に広がっていく。

「しぼんでは、つまらんからな、こうしておけば、いつまでも、おっ勃ちぱなしになるぜ」

兄貴は、堅く固定された淳也の雄イモのソケイ部をさすりながら言った。

下を見れば、脹れあがった血管が、やけにプクリと浮きあがって見えた。

こんなに勃ちっぱなしにされていると、若い淳也の肉体はジュクジュクと精液を作り、いまに、玉一杯に溜まってしまうだろう。パンパンに脹れた淳也の双玉は更に脹らみ、やがて精液は、出口を求めて、吐き出されるに違いない。

しかし、その出口は、グルグル巻きにされた細紐の為に、潰されているのだ。

兄貴は、こうして、しばらくの間、淳也の雄イモをさすり続けていた。ただでさえ感じ易くなっている淳也だ。ひと撫でされる度に淳也は、恥ずかしげもなく声をあげて喘いだ。

蔵の中にその喘ぎ声はこもり、妙に妖しい雰囲気をかもし出す。

流れ出るよだれに、淳也の胸板はべったりと濡れていた。だが、それさえも、既に淳也には気にならなかった。

爆発寸前まで高めていき、その時と思う間際、兄貴の手は、スッと離れた。そして、淳也の興奮が少し静まると、再び、兄貴の手は淳也の雄イモをさすりあげた。

その意地の悪い遊びは、確かに兄貴にとっては、たまらない可笑しさであったかも知れない。指先ひとつで、大の男が、もだえまくるのだから……。

しかし淳也にとって、それは、際限のない快感地獄だった。ああ、もうひと撫でしてくれれば、とその一瞬、兄貴は手をひっこめてしまう。ならば、そのままいじくってくれなければ、欲情も次第に鎮静していくであろうに、再び撫であげられるのだ。

三十分近く、兄貴は、淳也の肉体をもてあそび続けた。発射したくても出来ぬ苦しみを、淳也は、いやと言う程味あわされたのだ。

もうその頃には、淳也はへとへとになっていた。先走りの透明な露ばかりがトクトクとあふれ出続け、淳也の股間は、ベトベトに汚れてしまっていた。

淳也は、頭がボーッとし、やがて、ガックリと頭を垂れて気を失った。

それは、ほんのわずかの間の失神にすぎなかったが、意識の底で淳也は叫んでいた。

「出してぇ！　出してぇよお！　思いっきり、ぶっ飛ばしてぇよおー」

このまま際限なくさすられ、離され、さすられ、離されしていたら、今に俺は気が狂ってしまう。ひと撫ででいい、それで、俺の股間は、十メートルも遠くまで汁を連射出来る。

思えば、あの合宿の夜、兄貴の部屋に呼び出され「スッポンポンになりな」と言われた後で続けざまに四発雄を抜かれた時、連射させられる苦痛を存分に味あわせられたのが、今になると切実に恋しく思えるのだ。

しかし、意識を失った中でも、ついに、淳也の雄イモは爆発することを許されなかった。

第三章　たっぷりと……

淳也が気を失っているうちに、兄貴は、一時、蔵の中から外に出て行った。準備は全て整ったのだ。

今、蔵の中には、若い雄が一匹、素っ裸の肉体を晒（さら）して天井から吊り下げられている。その生々とした新鮮な肉体を好きに出来る楽しみは、何にも替えがたい。

毎年、この蔵に連れ込む若い雄は、あの合宿によって得られるのだ。

若い雄達は、ここに連れ込まれることで、それまでと違う快感の世界に引きずり込まれる。そして、多くの若い雄達は、例外なく、彼の味をその肉体に教え込まれて、彼の声を至上のものと感じるようになっていく。

簡略に言えば、彼の声を聞くだけでそのイモは、どうしようもなくおっ勃ってしまうようになるのだ。

淳也が、意識を取り戻した時、兄貴は既に次のいたぶりの準備をし終えていた。

「ようやく、お眼覚めか」

「あ、兄貴！」

淳也の雄イモは、まだピンピンに勃起していた。

「どうだ、喉が乾いたろう」

兄貴はニヤニヤ笑いながら、言った。

淳也は、コクリと肯く。言われてみれば、三十分の間というもの、喘ぎ、もだえ続けたのだ。ヒリヒリと喉が痛かった。

「は、はい！」

「今、たっぷり水を飲ましてやるからな」

「うれしいっす」

「そうか、嬉しいか、ならば、特製の水を飲ましてやらなきゃあな」

淳也は、ふとある予感を感じた。しかし、こう四肢の自由を奪われている以上、何を飲まされようと拒むすべもないのだ。

兄貴は、バケツを淳也の足元に置く、それには水が八分目入っていた。

兄貴は、ニヤニヤ笑いながら己れのズボンのジッパーを下げていく。ああ、もう全てが、淳也には了解出来た。

兄貴の手は、ズボンの前開きの中へ入り、モゾモゾと動く。兄貴自身、すでにおっ勃っているのだ。ブリーフから引っ張り出すにも手間がかかる。

やがて、ズボンの裂け目から、ボロンと飛び出て来たのは、赤黒くよく使いあげられた兄貴のマラだ。それは、テラテラと黒光りし、見るからに圧倒的な大きさだった。

兄貴は、両手でそれを無理矢理下に向けると、勢いよくバケツめがけて放水し始める。ジャーっと黄金水は、水面をうがち、波だちながら、透明な水を黄色に染めていく。

ツンと臭気が、淳也の鼻腔をくすぐった。淳也は黙って、兄貴の放尿するさまを見守るしかなかった。

やがて、ブルルンと先っ穂を振り、兄貴は最後の一滴までバケツの中に垂らすと、そのマラをズボンの中に仕舞うこともせず、ズンと突き出したまま、次の作業にかかっていく。

「咥(くわ)えな！」

兄貴は、淳也の頭髪をわし掴(づか)みにすると、グイッと後ろに引き、淳也を上向かせる。そして、口を開かせると、ジョーゴをその口の中へさし込んだ。

今から何が行われようとするのか、淳也は、既に知っていた。当然のことなのだ。淳也に拒絶する権利は与えられていない。

兄貴は、埃まみれの升をバケツの中に入れると、水を満々に満たし、ゆっくりと淳也の咥えるジョーゴの中へ注いでいく。

一滴たりともこぼすことのないように、それは慎重に注がれていく。

淳也は、ジョポジョボと音を立ててジョーゴから落ちてくる黄水を飲んでいく。それは薄められているとはいえ、兄貴のマラから、今しがた出されたものなのだ。

「いいか、全部飲み干すんだぜ、こぼしたらどういうことになるか、わかってるな」

兄貴は升に二杯目の黄水をくみ、それをジョーゴの中へと注ぎながら言った。

「たっぷりあるからな、うんと飲め！」

三杯目が、淳也の腹の中へと流れ落ちていく。特有の臭気は、幾度も淳也に吐き気を催させる。しかし、こみあげてくる吐き気より、水の注がれる量の方が多かった。

四杯目。すでに胸一杯に水気があふれていた。当然、腹はゴボゴボしている。しかし、バケツはまだ半分も減ってはいない。ジョポジョボと流れ落ちる黄水を、淳也は、必死に飲み込んでいく。

五杯目が注がれる。淳也の眼尻には、ジンワリと涙があふれ、ツンと頬の方へと伝い流れていった。

六杯目、そろそろ限界に来ていた。飲み干す速度もにぶり、舌の先で、ジョーゴの口をおさえおさえ、淳也は水量を加減した。

七杯目が注がれる頃には、ジョーゴ一杯に水が溜まっていた。

「飲め！　お前が飲みたいと言ったから、飲ませてやってんだぜ。俺の味つけが、気にいらねえとでも言うのかよ！」

兄貴の罵声（ばせい）が飛ぶ。

八杯目、九杯目とたて続けに、淳也は、頬を真っ赤に染めながら必死に飲んだ。

そして、兄貴は、最後にバケツの底に残っていた黄水をバケツごと、淳也の咥えるジョーゴの中へと注ぎ込んだ。

こうして、淳也はついにバケツ一杯分の水を飲まされた。ジョーゴを兄貴が取り、ようやく上を向きっぱなしのつらい状態から解放された時、淳也は、喉のところまで水が満ち満ちていることに気付いた。

全身から吹き出た汗で、淳也の肉体はヌルヌルになり、埃が積もった床にボトボトとたれ落ちていた。

「いい格好に脹れてるぜ」

兄貴は、淳也の腹を撫でながら言った。

淳也の腹は、見るも無残に、パンパンに脹れ、張っていた。横から見れば、首から下、胸の厚みの盛りあがり、みぞおちのところで一度へこみ、そして盛大な張り方で水腹が脹れ出ていた。キュッと引きしまった腰の持ち主は、今や醜悪とも呼べる程、無理矢理肉体の線をくずされていたのだ。

そして、何よりもつらいことに、腹がせり出た分、淳也の雄イモをくくっていた細紐が引っ張られ、ひきちぎれそうな鈍痛を淳也の雄イモに与えていることだった。

その雄イモも、今の淳也には、腹の下に隠れてしまい見おろしても見えなかった。

兄貴は、まん丸く脹れきった淳也の腹を、さもいとおしそうに撫でまわす。そのパンパンになった腹は、一杯に兄貴の黄水を溜め込んでいるのだ。

「どうだ、旨かったか?」

「ううっ!　あ、兄貴!」

「返事しろ!　返事!」

「ううっ!」

淳也は、口を利くのさえ苦痛だった。声を出せば、ゲボゲボと水が逆流してきそうだった。

兄貴は、片手に青竹のよくしなる細い一本を持つと、淳也の横に立つ。

「まともに返事が出来ねえのなら、お前のこの肉体に聞くまでよ」

ヒュッと青竹が空を切った。

その一瞬、淳也の脹れきった腹に青竹は食い込み、熱い痛みが、淳也の肉体を襲った。

「アグッ！」

淳也は、肉体をくの字に曲げて、呻(うめ)いた。淳也の腹に、赤い筋が一本くっきりと走っている。

だが、兄貴は、続けざまに青竹をふりかざし、勢いよく淳也の腹へ打ちすえる。

ビシッ！　ビシッ！　ビシッ！

脹れあがらせた腹に青竹が当たる度、気が遠くなる程の激痛が淳也を見舞った。

こうして、淳也の腹から胸にかけて数十条の赤い痕跡がつけられた時、兄貴は、青竹をポイと投げ捨て、ようやく淳也は苦痛から解放されたのだ。

兄貴は、淳也をそのまま放っぽらかしにしたまま、蔵から出て行った。一人、蔵の闇の中に取り残された淳也を待っていたのは、安息のひと時ではなかった。

それは、長い苦痛の時間となるのだった。

この蔵の中に連れ込まれて、一時間半。そして次の一時間半は、淳也一人で耐えねばならない時間だったのだ。

第四章　雄の噴水

ひっそりと静まった蔵の中。聞こえてくるのは、樹々を渡る風の音とひぐらしの鳴き声だけだ。天窓から射し込む日射しも午後の黄昏に変わり、九月の一日が暮れようとしていた。

淳也の肉体は、既に限界に来ている、兄貴に、素っ裸にひんむかれ、足の指先でかろうじて床と接しているだけの淳也なのだ。

大きく青竹で広げられた両脚の筋が、さっきから、ピクッピクッと小刻みに、けいれんを繰り返している。万歳の格好に、頭上高く吊られた両手のつけ根も、限界一杯に伸びきり、長時間同じ姿勢をとらされていたので、次第にヒリヒリと痛み出していた。

ダラダラと流れる汗に、肉体はヌルヌルになり、それは淳也の体温に蒸れて、すさまじい臭気となっている。

何よりも淳也にとって耐えがたいのは、一時間前に無理矢理飲まされた、バケツ一杯分の、黄水だった。

それは、もう淳也の体内で吸収され、あれ程脹らんでいた腹も、元に戻ってきてはいたが、その為に、尿意を次第に催してきているのだ。

フッと力をゆるめると、腹にぴったりとくっつけるように細紐で結ばれた淳也の雄イモの先端から、チビリチビリともれてしまう。

思いっきり放尿出来たら、どんなにせいせいすることだろう。

しかし、この蔵の中でやたらなことは出来ない。それは、更に悪どい制裁を呼ぶはずだったから…。

「兄貴ぃ！　兄貴！」

淳也は、何度となく叫び、一刻も早くこの自然の生理を解放してくれるはずの、唯一の人間を呼んでみた。

だが、それに一向に応じる気配もなく、むなしく時が過ぎていくだけだった。しばらく前から淳也は諦めていた、と言うより、声を出せば、その一瞬にチビってしまうから、声を音出すことさえためらわれたのだ。

淳也は、額一面に脂汗を浮かべ、口をへの字にギュッと結び、歯を食いしばって尿意に耐えているのだ。

だから、兄貴の姿が、ようやくのことで、再び蔵の中に現われた時、淳也は、もう何をされようと構わない気持ちになっていた。

何をされようと構わない。だから、この尿意だけは認めて欲しい、そう思ったのだ。

淳也の下半身は、ブルブルと震え、必死に溜まりに溜まった水分と闘っていた。

「あ、兄貴！　ショ、ションベン！」

淳也はかすれ声で、哀願する。

「ん？　何言ってんのか、聞こえねえな。はっきり大きな声で、言ってみろ！」

兄貴は、充分、事のなりゆきを知りつくしながら、尚も淳也をいじめてかかる気だ。

「もっ、もれる、ション…ベン！」

淳也は、その一瞬、グビッとひときわ、多量に自分の腹を濡らす温かいものを感じた。

「馬鹿野郎、汚ねえじゃねえか。このションベンたれ！」

兄貴は、淳也の豊かな頬に手を伸ばすと、それは思いっきりひねりあげた。

「アウッ！」

淳也は、頬に食い込む兄貴の爪の鋭さに、思わずのけぞってしまう。

「やりてえか！」

「ウウッー」

「そんなにやりてえか？」

「ウウッ！」

兄貴の手は、淳也の頬をひねりあげたままなので、淳也は、声とも呻きともつかぬ返事をするしかなかった。

「おう！　なら、盛大におもらしするんだな」

それは残酷な言葉だった。

兄貴は、先刻の空になったバケツを、淳也のおっ広げられた脚の間に、股間の下へ置く。

「兄貴、トイレへ！」

淳也は、必死に頼み込む、ひと言言う度にポタポタと黄水が垂れ、バケツの中へと落ちた。

「生意気なんだよ。お前は！　俺がじっくり見ててやるから、ここでもらしな」

「ううっ！」

「大学生にもなっておもらしが出来るなんざ、幸せだぜ、それも、俺に見てもらってよ。ほら、早くやれ！」

淳也は、しかし、必死に耐えた。兄貴の要求は、淳也を人として考えていないものだったからだ。

「馬鹿野郎！」

ついに、兄貴は怒りを爆発させた。淳也が何を考えて、こうも必死に耐えているかを察したからだ。それは、兄貴にとっては、許せないことなのだ。何故なら、淳也の肉体は、今や兄貴のものなのだから…。

兄貴は、青竹を取り出すと、淳也の肉体めがけて、勢いよくそれを振りおろした。

ビシッ！　ビシッ！

淳也の肉体から、汗の滴が飛び散った。

「ウグッ！」

「なら、やれ！　やるんだよ！」

十数度、青竹を振りおろした後で、兄貴は淳也の雄イモめがけ、青竹を炸裂させた。

「グッ！」

その一瞬、シャーッと黄水は、淳也の意志に反して小さな穴から一気に吹き出す。それは、一度淳也の腹にぶち当り、そのまま乳首の下までかけ登ると、やがて、ダラダラと淳也の股間へと流れ出し、そしてバケツの中へと、とめどなく落下していった。

それは、見事な、雄の肉体が演じる噴水だった。

一度堰(せき)を切った尿意は、すさまじい勢いで、淳也の胸から腹、そして股間を、黄水でビシャビシャにしバケツに溜まっていく。

「いいぜ！　淳也！　うんともらしな」

兄貴は、満足の笑みを浮べて、淳也のぶざまな態をながめ続ける。

溜まりに溜まった黄水は、一向におとろえる様子もなく、シャーッと大きな音をたて吹きあげ続けていた。

淳也は、ギュッと眼を閉じ、兄貴の姿を見ないように努める。眼を開ければ、自分のもらす様を可笑しげに見つめる兄貴の顔が、嫌でも視野に入ってくるからだ。

しかし、限を閉じながら、淳也の脳裏にうかぶのは、見られているという思いだけだった。何故か、淳也は、そう思うと更に脹れていく己れの雄イモを感じるのだった。

何かがひとつ、淳也の肉体の中で、切れたように思った。

ようやく吊り下げられていた淳也のいましめが解かれても、それは、淳也に休息を与えるものではなかった。

「お前の、この肉体には、縄がよく似合うぜ」

兄貴の言葉通り、もはや、淳也の肉体に身につけられるものは、あの尻の割れ目が見えてしまう程小さなスイムパンツではない。当然のことだが、汗臭い淳也の体臭が染み込んだトレーナーでもない。

淳也に許された、唯一身を飾るものと言えば、それは、毛羽だった一本の荒縄なのだ。

確かに、普通の若者ならば、荒縄のあまりに粗野なさまに位負けしてしまう。だが、淳也の鍛えに鍛えあげられた若い肉体には、むしろ、この荒縄こそがふさわしかった。

真っ黒に日焼けした肌に食い込む荒縄は、雄臭い淳也を、更に猛々しいものに見せるのだ。

手首に、くっきりと赤くついた縄目の跡をさする間もなく、再び、淳也の肉体を荒縄が締めあげる。

背にひねりあげられた両腕に荒縄が巻きつき、高手小手に縛りあげられた淳也の熱い胸板に、更に荒縄は絡みつき、ギリギリと肉に食い込んできた。

淳也は、挨の積もった蔵の床に正座させられ、二つに折った脚もみっしりと縛りあげられ、更に、膝頭を大きく広げるように短い青竹をつっかい棒にされる。

そうされながらも、ズキズキとおっ勃っている淳也の雄イモを、兄貴は足の裏で踏みこねくりまわしている。

淳也の肉体は、欲情の炎が燃えさかり、それは、淳也を男から雄へと変えていくのだ。

「お前の、この肉体は、もう俺なしではいられなくなるぜ。えっ！　そうだろう！」

兄貴は、ニヤつきながら、言う。

「ああ、兄貴！」

淳也は喘ぎながら、言った。

その夜、淳也は、自分の肉体が、兄貴のものであることを認めさせられた。

暗い蔵の中で、淳也は何度も何度も、大声で、復唱させられたのだ。

「お前の口は！」

「俺の口は、兄貴のチンポをしゃぶる為にあります」

「お前の乳首は！」

「俺の乳首は、兄貴に抓まれて、ひねりあげられる為にあります」

「お前のケツは！」

「俺のケツは、兄貴のチンポや指を、入れられる為にあります」

「お前のチンポは！」

「俺のチンポは、兄貴に握られ、いじくられ、撮（つま）まれ揉まれ、兄貴がよしと言うまで、何度も汁を抜かれる為にあります」


そして、淳也の肉体の全てが兄貴のものとなった証しに、淳也の頭髪が刈りあげられた。電動バリカンの機械的な荒々しい刈り込みの後で、カミソリの刃がジョリジョリとあてられる。五分も過ぎぬうちに、淳也の頭髪はすっかり剃り落とされ、見事な青入道が、出来上がった。その嫌味な程に、すっかり毛という毛を全て剃りあげられた淳也は、今までと違う己れを自覚するのだった。

青々した剃り跡をみせる淳也の丸坊主の顔は、一段と精悍（せいかん）に、一段と雄臭さがあふれていた。高手小手に縛られ正座されたまま、己れの意志に関係なく、兄貴の好みによって頭を坊主にさせられた淳也。

これは全ての終了ではなく、全ての始まりなのである。

この日から、淳也の雄みがきの、苛酷で残忍ないたぶりが、この蔵の中で繰りひろげられたのである。

第五章　中天の日差し

翌日、淳也は、薄暗い蔵の中から半日ぶりに、外へ連れ出された。勿論、素っ裸にひん剥かれたままでだ。

昨夜は明け方近くまで、淳也の若い肉体は、兄貴の性欲の吐け口にされた。

しかし、淳也がいこうとすると、必ず愛撫は止められ、淳也の双玉には、溜まりに溜まった汁がジクジクとうごめいていたのだ。

淳也は、気も狂わんばかりに射精させてくれるよう哀願したが、そのつど、それは、兄貴の冷たい拒絶にあった。

八時間近く、堅く、強敵におっ勃ち続けた淳也の雄イモは、結局一滴の白い汁を吹きあげることも許されなかったのだ。

透明な、粘っこい先走りの露ばかりが、おしみなくトクトクとあふれ続け、淳也の雄イモをギタギタにしていた。

当然、兄貴の方は、これみよがしに、淳也の眼の前で何度となく汁を飛ばした。今、淳也の胸から腹にかけて、白くカサカサに乾いているのは、だから、兄貴の精液なのだ。

淳也には見ることが出来ないが、淳也の顔も、日に焼けた地肌の黒さと、兄貴にぶっかけられた精液の乾いた跡の白さで、ブチになっていた。

わけても、淳也の股間はひどかった。黒光りする毛は、淳也の肌にべったりとひっつきゴワゴワになっている。まるで接着剤で塗り固めたように、それは、堅くチリチリに淳也の股間に貼りついていた。

一晩中、埃の積もった蔵の床の上をのたうちまわされた為、淳也の肉体は、汗と埃とでドロドロになっている。その埃まみれの肉体を流れた汗の跡が筋をつくりシマ模様になっている。

淳也は、兄貴に、そのいきり勃つ雄イモの剥けきった首のくびれを、細紐でくくられている。兄貴は、細紐の端を握り、ツンツンと淳也の雄イモを引っ張る形で木立の中を進んでいく。淳也は、黙ってついていくしかなかった。少しでも遅れると、たちまち、細紐はピーンと張り、淳也の雄イモの頭をひっこ抜くような激痛が走る。

おっ勃ちチンポを日の光に曝（さら）し、腰を前につき出しながら歩く淳也のぶざまな格好を見れば、誰もが吹き出すに違いない。だが、淳也は必死だった。

その家は、裏に山をひかえ、山に抱かれる格好で建てられている。だから、表は長い壁が続き、門を抜けて来ないかぎり誰もが入って来る気遣いはなかった。

裏山をぐるりと囲む塀はさすがに作られてはいないが、山ひとつ抱えているので、めったに裏から入って来る者はいない。

だから、こうして淳也は、白昼のもとに、全裸で歩こうと、何も心配はないはずなのだが……。

それにしても、こう周囲をさえぎるもののない自然の中で、淳也の存在は不自然だった。どこに眼があるかわからない居心地の悪さに、淳也はついつい、股間を両手で隠そうとする。

「馬鹿野郎!!」

たちまち、兄貴はその様を発見し、罵声を飛ばす。

「手で隠すな、おっぴろげて、曝しておけ」

「で、でも、兄貴‼」

「フン‼　何が『でも』だ。お前、こうされるのが嬉しいはずだぜ。それが証拠に、見ろ‼　こんなにキンキンにおっ勃ってるじゃないか。手は後ろにまわしとけ‼」

「は、はい‼」

淳也は、仕方なく両手を後ろで組み、しぶしぶと肉体の前面をまともに曝け出したまま歩いた。頭上で鳴くセミの声が、時雨(しぐれ)のように降り注いで来る。淳也の肉体から発散する臭気が藪蚊を呼ぶのか、淳也の周囲を、音をたてて飛び交っていた。

「誰も入って来ないですよね」

淳也は、しばらく周囲をめぐらした後、おずおずとそう聞いた。

「どうした？　今さら、恥ずかしいこともあるまい。お前は、俺の奴隷になったんだろ。俺の命令があれば、水泳部の連中の前でだって、そのおっ勃ちチンポをかきまくるんだろ」

「ウッ‼」

「フン‼　今さらだぜ。まあな、安心しろ‼　誰も来やしない」

「ほっ、本当すか‼」

淳也は、ホッとした。その思いが顔の表情に出たのを、兄貴はめざとく見つけると、ニヤリと笑い、そしてつけ加えた。

「とは言っても、二年前かな、例外があったっけ……」

淳也の顔から、一瞬に血の気がひいた。

「お前の先輩に、高木って奴がいた。知ってるか」

「はい、高木先輩!! 俺が入部した時、三年生でした」

淳也は、高木の姿を、ふと脳裏に思い返した。九州の漁村育ちの男だ。胸がグッと厚く歩く度に、尻の肉がプリプリと堅く動いた。幅の狭いスイムパンツを穿いてる為、常に尻の割れ目が半分のぞいていたことを覚えている。

イカス先輩だった。

「じゃ!! 高木先輩も……」

自分と同じように、兄貴の手で、そう言いかけた淳也を兄貴はニヤニヤ笑いながらさえぎった。

「さあ、ここだ!!」

それは、周囲を樹で囲まれるようにしてポカリと開いた、小さな広場だった。そこだけは、何故か草一本も生えていず、乾ききった土が白くかたまっている。

その中央に、大岩が置かれ、そう言った方がいいだろう。初めからここにあったとは思えない、どこか不自然さがあったからだ。

その岩は、ほぼ台形の形をし、一見ベンチのように上部が平たくなつている。

「その上に、あお向けに寝ろ!!」

兄貴は、そう言うと、淳也の雄イモに結ばれた細紐を、グイッとひっ張った。

よろけるように、淳也は、その岩に体を預け、兄貴の言うままに横たわった。

樹々の緑にグルリと囲まれ、ポッカリ円形に開いた天の青さが眩しかった。

太陽は、丁度中央にさしかかり、円形に開いた空間から、まともに淳也の裸体の上へ暑い日射しを投げかけていた。

兄貴は、白茶けた土を手でかくと、その下に埋めこまれていた鉄の輪をほじくり出す。

それは、大岩の周囲に、規則正しく四つ、埋め込まれていた。

両手両足に荒縄がかけられ、その荒縄が鉄の輪にくくりつけられるのに、それ程、時間はかからなかった。

こうして、淳也は、大岩を背にして、四肢を再び縛りあげられたのだ。背の下で、岩は冷たく、堅かった。

身動きひとつ出来ぬ格好にされた淳也は、高木のことで頭が一杯なのだ。

こうして、すっ裸の男が、四肢をきつく縛られて放置されている。あろうことか、昨夜から肉体の芯は欲情にフツフツと燃え、押さえても押さえても、股間はいきり勃って止まらないのだ。

こんな様を、見ず知らずの者が見たら、一体、何と思うだろうか。そう思うと、淳也は、ドキドキと早鐘のように、心臓が脈を打つのを感じた。

第六章　サイクリング

油照りの陽光が白茶けた土に反射され、淳也の裸身を、ジリジリと焼いている。もともと色浅黒い肌が更に黒くなり、スイムパンツによって、かろうじて焼け残っていた股間を、日射しは容赦なく焼き始めた。

淳也は、その限をまともに射してくる日射しの強さに、眉を寄せ、眼を閉じるしかなかった。眼を閉じても、瞼の裏側は、カッと赤く燃えるようだった。

たちまちのうちに、淳也の額には汗の粒が浮かび、タラタラと剃りあげられた頭を伝い流れ出す。当然、淳也の肉体は、再びぐっしょりと汗にまみれ、脂光りし始める。

兄貴の手が、そんなヌルヌルに汚れた淳也の肉体を撫で始める。

「まったく、いい肉体、してやがる。この肉の弾力はどうだ」

兄貴の手は、淳也の厚い胸板をさすり、その乳首を揉んでは、もてあそぶ。ただ、それだけのことで、もう淳也は欲情してしまう。

「アアッ!!」

淳也は、首を左右に振り、いやいやをするように、岩の上でもだえた。

「ほら、もう、お前の肉体は、俺なしではいられなくなってる。そうだろ？」

「アアッ!!　アッアアッ!!」

兄貴の手は、淳也の脇腹を、スッ!! と撫であげる。そのこそばゆさに、淳也は思わず、身をよじろうとするが、肉体は、きりーっと大岩に密着させられ、動こうにも動けないのだ。

「遠慮はいらねえぜ。もっとデケェ声でもだえてみろよ。お前の声音聞いてると、俺のチンポも感じちまうぜ」

「アウッ!! アッ、アアッ!!」

淳也は、あられもなくもだえ狂った。こみあげてくる快感が、淳也の大きく開いた口から、とめどなくあふれ出るのだ。

淳也は、自分の発する喘ぎ声に、自分で酔っていくのを感じた。

「アアッ!! 兄貴!! 握ってくれよぅ!! 揉んでくれよぅ!! 俺、俺、どうかなっちまう」

淳也の雄イモは、ピクンピクンと頭を振り兄貴のひと撫でを待っているかのようだ。

「高校二年生って言ってたっけな」

兄貴は、淳也の太股の内側を撫でながら、独り言のように言い出した時、一瞬、淳也はドキッとした。

「エッ?」

「高木の奴のことさ」

「高木先輩?」

「アアッ!! 夏休みを利用して、サイクリング旅行をしてたんだな、二人連れの高校生さ」

高木先輩が、今の淳也と同じ様に全裸の肉体を大岩に縛られて、兄貴のいたずらに身もだえしていた時、彼らは、突然、現われた。

旅も終わりに近く、持ち金も残り少ないので、その数日、彼らは、もっぱら野宿を決め込んでいた。

サドルをこぐ脚は、短パンを穿きっ放しの為に、すっかり日に焼けていた。ここ数日、風呂にもろくに入っていないのか、薄汚れたTシャツからは、プンと、汗と埃と彼ら自身の体臭が、モワモワモと発散していた。

突然、男の呻き声を聞いた彼らは、声のする方へ、自転車を押しながら来たというわけだ。別に急ぐ旅でもなく、ちょっとした好奇心が二人をとらえたらしい。

二人は、ひと目見て、全てを悟った。だが、兄貴も又、この思わぬ闖入者（ちんにゅうしゃ）の出現をかえって利用することにしたのだ。

性的な事に何より興味のある年頃ということと、ここ数日、マスをかいていなかった高校生達は、兄貴のたくみな言葉に一も二もなくのってきた。

こうして、高木先輩は、この二人の高校生に全身で奉仕させられることになったのだ。

彼らは、男同士ということに、大して違和感を抱かなかった。ドライに割り切って、この、いわばゲームに熱中した。

風呂にも満足に入っていない、汚れてベトベトの体を、すき間なく、高木先輩に舐めさせることから、それは始まった。

兄貴は、一服つけながら、三人の狂態を、ニヤニヤとながめていた。

若い雄特有の脂ぎった二人の肉体を、高木先輩は、汗まみれになって舐めあげた。

やがて、兄貴の提案で、二人は、初めて男のケツの穴に、チンポを挿入した。もとより、高木先輩より数歳も年下の高校生達なのだ。

そんな青臭いガキに、いいように自分の肉体をひっかきまわされねばならない高木先輩の心情は、どんなだったろう。

「その晩はな、二人とも、ここに泊めてやったさ。一度覚えた味は忘れられないとみえて、夜通し、かわるがわる、高木のケツを掘りまくってたな。

まったく、あの年頃の性欲ときたら、際限知らずだぜ。初めのうちは、俺も面白くてながめていたが、そのうち飽きちまってな。

『今夜は、こいつを貸してやるから、今まで溜め込んでた分、全部、出していきな』と言って、寝ちまった。

翌日、高木に聞いたら、射精の回数の競争してたってさ。射精って言ったって、全て、高木の奴のケツの穴に、チンポをねじ込んで発射するんだぜ。

キャッキャ、キャッキャと騒ぎっ放しよ。『面白かったよ!!』とか言って帰った後、高木の奴、半日グッタリしてやがった。ケツの穴が、真っ赤にすれて『痛てぇ、痛てぇ!!』と言いやがるから、とどめに俺もぶちこんでやったっけな」

淳也は、少なからずホッとした。自分が高木先輩と同じ目に遭わされたら……そう思うとたまらなくなるのだ。

兄貴の手は、もどかしい程、淳也の股間のその一点を触ってくれず、その周囲を撫でまわすだけだった。

淳也は、唇の端から、よだれを流して、もだえ続けていた。

今や、淳也は、ほとんど自制心を失なっていった。喘ぎ声も、感じれば感じたまま、誰はばかることなく、大声を出した。

と、その時だ。

「おじさん、何、やってんの!!」

突然、淳也の視界の中に、虫採りの道具を待った小学生が現われたのだ。

「何だか、その人、苦しそうだよ」

いが栗頭の少年は、ザワザワと草をかきわけて近付いてくる。

淳也は、瞬時に、眼を閉じた。眼を閉じても、淳也のあられもない裸体は、少年から丸見えであることには、変わりがない。それでも、淳也の視界から少年の姿がなくなれば、わずかだが、淳也には救いがあるように思えたのだ。

「坊や、どっから来た?」

兄貴の声がする。

「ん？　あの山で、虫を採ってた」

あの山、それは、裏山のことに違いない。考えてみれば、山をかきわけて来る者などいないと思う方が、可笑しいのだ。当然、山を登る者もあるはずなのだ。

「そしたら、ウンウン、苦しそうな声がするから……」

「坊や、一人かい？」

「うん!!」

兄貴の声に、わずかな焦りが感じられたのも、つかの間、それは新しい興奮に変わっていくのが、淳也にも感じられた。

「実はね、こいつ、悪いことをしたんだ」

「へーッ!!」

少年の声に、今まで淳也に注がれていた、あわれ味は既になく、罪人を見る軽蔑が浴びせられた時、淳也は覚悟した。

高木先輩と同じだ。いや、高木先輩はまだいい。何故なら、高校生は、少なくとも、この状況の何たるかを知るだけの成長はしている。

だが、小学生らしいこの少年に、それを要求しても無理というものだ。悪いことをした奴は、罪を受けねばならない。それは、当たり前のことなのだ。

「ほら、だから、こうして縄で縛って、逃げられないようにしてある」

「うん!!」

「でも、しぶとい奴でね。なかなか謝らないんだよ、こいつは……」

「駄目だよ、縛るだけじゃ!! もっと厳しくやらなくちゃ!!」

「ふーん!! おじさんのやり方では、甘いからな。坊やなら、どうする!!」

兄貴の声は、急に調子づく。こうなったらもうどうしようもない。勿論、それは違うと言うことは簡単だ。しかし、兄貴のペースに乗ることが、淳也に許された唯一の行為なのだ。

今や、淳也の肉体は、少年の前で無防備に曝されていた。

「ねえ!! 触ってもいいかな」

「ああ!! 勿論さ」

兄貴のペースに、少年も又、乗ったのだ。

「おい!! お前、いつまで眼をつむってるんだ。ちゃんと開けろ!!」

兄貴の平手が、淳也の頬に炸裂した。ジーンと熱く広がる痛みに、淳也は黙って眼を開くしかなかった。

残酷な仕置きが始まったのは、それからすぐのことだ。

第七章　肉団子

いきなり少年は、全裸の淳也の最も面白いところを、鷲掴(わしづか)みにした。

「アウッ!!」

少年の手は、淳也の雄イモを潰さんばかりの勢いで、グイグイと握りしめてくる。

「こんなの初めてだよ」

少年は、雄イモに爪をたてながら言った。

「坊やだって持ってるだろ?!」

兄貴は、煙草に火をつけながら言う。

「うん、でもスゲェや、こんなに大きくて、こんなに堅くなってる。それに、毛がモシャモシャに生えてるよ」

「大人の男は、皆そうさ。触りごこちはどうだい」

「フーン‼　何だか、熱くて、カッカッとしてる。それに、スリコギに皮を巻いてるみたいで、芯のところが、カチンカチンさ」

「そこが、男の泣きどころさ。うんといじめておやり」

兄貴は、笑いをかみ殺しているようだ。

少年の小さな手で握るには、それはあまりに太すぎた。少年の手がいじくる度、淳也は、呻き声をあげる。

少年は、淳也の雄イモの皮を引っ張り、玉を指でつまんでは、こりこりと動かす。少年にとって、勃起した雄イモを見るのも、触るのも、これが初めてのことなのだ。それは、確かにいじりがいがあった。

だが、淳也にとっては、それはすさまじい羞恥心（しゅうちしん）を呼び醒（さ）まして止まない。大学生の成熟した肉体を、まったくの好奇心で、年の差もぐんとある少年が好き勝手にいじくるのだ。

それだけなら、まだいい、そんな幼ない手によって、淳也の欲情が高まって来ているのだ。

淳也は、額に汗して、必死に耐えた。まさか、この少年の限の前で、射精だけは出来ない。そう思うのだ。

しかし、兄貴は、そんな淳也を、さも可笑しそうに見守るだけだ。

「アアッ‼　アアッ‼」

淳也は身もだえして、少年の手から逃げようとする。だが、それは不可能なことだ。

だが、少年に雄イモをいじくられることが倒錯した快感を呼び醒ましていくことを、淳也が心の隅で感じ始めたのは、それから間もなくのことだ。

それは、淳也の股間の奥で、チロチロと絶え間なく燃え、やがて大きく燃えひろがっていくのだ。

「アアッ!!　アッ!!　アアッ!!」

淳也は、よがり声をあげる。

「何だ!!　こいつ、泣きべそかいてらあ!!」

「坊やのいじめ方が、うまいんだよ」

兄貴は、淳也の頭のところにたたずみ、淳也の顔を見下ろしながら言った。

「何だか、先っ穂からベトベトするもん、出て来た」

そうだ、既に淳也の発情が始まったのだ。

「気をつけなよ。そのベトベトが出始めたら、危いんだ」

兄貴は、ニヤつきながら言う。

「危いって、何がさ」

「白いションベンが、飛び出て来るんだよ」

「エーッ!!　白いションベンが?　ウッ!!　きたねえ!!」

少年は、バッと手を離し、ビクンビクンと小刻みに首を振り出した淳也の雄イモを、まじまじと見つめる。

「ウッ!!　臭せえなあ!!　ムカムカするよ、やっぱり、ションベンが出て来るんだ。ウン!!」

少年は、何を思ったのか、急に周囲を見回し、やがて、一本の小枝を拾ってくる。

「何するんだい!!」

兄貴が尋ねる。

すると、少年は、さも手柄をたてたような顔をして、ニコッと笑った。

「まあ!! 見てなよ、こうするんだ」

それは、丁度、箸ぐらいの太さのツルツルした枝だった。

少年は、ムンズと淳也の雄イモを握ると、あろうことか、その小枝を、先っ穂の裂け口へ押し当てる。

「ウグッ!!」

淳也は、のけぞった。チーンと熱い痛みが走った。

「こいつで、穴をふさげは、ションベンも出てこないよ」

少年は、朗かにそう言うと、片手で淳也の雄イモを固定し、片手で小枝を、グリグリとまわすように、穴へ突き立ててきた。

「ウアッ!! ウアーッ!!」

淳也の眼尻から、カッと涙があふれ出、頬へとジンワリ流れ出す。

少年は、淳也の痛みなど気にしない。何故なら、それは、直接少年の痛みにはならないからだ。

それに、悪いことをしたら、罰をうけるのは当然のことなのだ。

淳也の雄イモの先っ穂は、初め一直線にピッと裂けていたのが、すぐに、小枝の形に丸く開いていく。

ギュルギュルとそれは、淳也の雄イモをこじあけ、わずかずつだが、しかし着実に侵入してきた。

淳也は、全身グッショリと脂汗をかき、更にきつく体臭が匂った。厚い胸は、荒々しい呼吸に、絶え間なく突起し、ギュッと両手はきつく結ばれた。

「アーッ!! ウーッ!!」

五分も経ったろうか、その間、淳也はわめき続けた。イモの中へ押し入ってくる小枝は、淳也の裏皮をこそぎ、チリチリと激痛を広がらせる。

すでに、小枝の三分の二が、淳也の雄イモの穴の中へ消えていた。

淳也の雄イモは、押す力に負けて、無残にも形を変え、まるで肉団子のようにへしゃがれていた。

「串団子みてえだな」

兄貴が言った。

「うん!! 根元の方にムクムク丸まっちゃって、へんな形だよ」

少年は、ようやく押し入れることをやめると、そう言った。

「枝を入れたまま、元のようにチャンと形を直してやろうよ」

兄貴の声に、少年はうなずく。

それからの作業は、淳也の地獄だった。すっかり形をへしゃげた肉の団子を、肉の棒にするのだ。

少年の手が、淳也の根元から、グリグリと肉皮をたくしあげていく。勿論、芯には小枝が詰まっているのだ。

「ウウッ!! アッ、アニキィ!!」

淳也は必死に哀願した。しかし、それが許されるはずもない。

やがて、小枝を先っ穂から、ツンと生やした淳也の雄イモが、まるでキリタンポのように、そこにあった。

小枝の太さに応じて、淳也の雄イモは、ひとまわりぶっとくなっていた。

少年は、バッとサンダルをぬぐと、大岩の上に乗り、裸足の裏で淳也の股間を踏んでくる。

「ゴロゴロしてるよ」

少年は、明らかに、この面白い遊びに熱中し始めた。

少年の足は、適格に淳也の雄イモをとらえ、グリグリとこねまわしてくる。小枝を穴に入れられたまま、踏みしごかれることが、淳也にはたまらない痛みを与えた。

「どうだ!! まいったか!! エッ!! まいったか」

少年の足は、情容赦なく、淳也の雄イモを踏みまくる。身動きひとつ出来ぬ淳也は、何をされても反抗を許されないのだ。

「ゆっゆるしてくれよお!! あっ、あにき!!」

「駄目だな、あれだけ悪いことをしたんだ」

兄貴は、そう言いながら、例の青竹の細い枝を、少年に渡す。

「坊や、踏みながら、こいつでひっぱたいてやりな、こらしめてやらなきゃな」

少年は、兄貴の手から青枝を受け取ると、宙に振りあげ、思いっきり強く、淳也の肌を叩いてくる。

ビシッ!! ビシッ!! ビシッ!!

たちまち、剥き出しの肌に赤い筋がつく。淳也の広い胸に、波うつ腹に、それは幾度も振りあげられた。

淳也は、そのうちに、こうされることにほのかな快楽を覚え始めた。思えば、それは、羞恥の態だ、素っ裸にひんむかれ、大岩に縛りつけられ、なおかつ、雄イモをおっ勃てて、少年にいいようにいたぶられているのだ。

しかし、淳也の理性は少しずつ解きほぐされ、やがて、一匹の欲情した獣となっていった。多少痛めつけられようとも、へこたれぬ熟れた肉体が、そこにはあった。

痛みは、次第に快感へと変わり、そう感じるや、淳也は大声でわめいていた。

「もっと!! もっと!! やってくれ!! アアッ!! いい!! 燃えちまう、俺、俺!! どうかなっちまう」

兄貴は、そろそろ、その時が来たことを悟った。丸一日、発情させ続けた雄を、今こそ思う存分、爆発させてやろう。

「坊や、見てな、こいつ、今、白いションベン飛ばすぞ!!」

少年は、岩から身軽に飛び降りると、兄貴の行動を、興味深げに見守る。

兄貴は、やにわに淳也の雄イモを掴むと、一気に、小枝を穴から引き抜いた。

「グアッ!!」

淳也の肉体は、その時、激しく痙攣（けいれん）し、ビュッビュッ!! と勢いよく、白い汁を飛ばした。それは、寝転ぶ淳也の頭上を、はるかに越え、草むらの中へと、ザザザッと降った。

ピュッ!! ピュッ!! ピュッ!!

幾度となく発射される白いションベンは、淳也の顔を濡らし、胸に散り、腹を埋めた。

「スッ、スゲエ!!」

少年は、キョトンとした顔で、淳也のすさまじい射精を見つめる。

あたりに、プンと青臭い匂いがたちこめた。

「ハーッ!! ハーッ!! ハーッ!!」

淳也は荒々しく息をし、このめくるめく快感に全身を預けていた。ぐったりとなった淳也を、そのままに放置して、兄貴は少年を連れ、母屋の方へ去っていった。

午後の日射しはきつく、全裸の淳也の肌をチリチリと焼いている。大岩を背に、縛られたままで、淳也は、兄貴の次の責めを待ち望んでいる自分に気付いた。

フッと笑いがこぼれた。

ああ、俺のこの肉体、どうやら、兄貴なしでは、いられなくなっちまったらしいや。

淳也の小麦色に焼けた肌の上で、今しがた飛ばした汁が、ゆっくりと乾き始めている。モヤモヤと湯気をたちのぼらせて……。

二時間程、そうしてほっぽり放しにされた後で、兄貴は再び、淳也の前に現われた。

「あいつは?」

「帰ったぜ」

「大丈夫かな?」

「まあな」

「兄貴?! どうでした、オレ!!」

「どうって何がだ」

「あの……良かったかどうか……」

「フン!! 一人でいい気分だったんだろ。よがりまくりやがって……このどスケベが!! チンポコを触ってもらって、嬉しかったのかよ」

「そっ、そんなあ!!」

「おい!!」

そう言うと、兄貴は、淳也の鼻をつまみ、いやと言う程、ひねりあげた。

「ウッ!!」

「いたぶられねえと、燃えなくなってきたんだろ、エッ? 言ってみな、もっと責められたいって……甘えた口をきくんじゃねえよ」

兄貴の太い指が、淳也の形のよい鼻の穴にズブリと突っ込まれる。一瞬の気のゆるみだ。ほとんど根元近くまで、兄貴の指は、鼻腔に埋没し、一気に抜かれた。

「ウウッ!!」

呻く淳也の鼻の穴から、血が吹き出てきた。それは、ドクドクとあふれ、淳也の顔面を、真っ赤に染めた。

生暖いネバネバしたものが、口一杯にあふされ、錆びた鉄の味がした。

「夕方にな、あいつらが来るぜ」

「……?」

けげんな顔で見あげる淳也に、兄貴はニヤリと笑い、言った。

「例の高校生よ、高木のケツを一晩中、掘りまくってた。野郎の味が忘れられねえとよ。毎年、来るのさ。サイクリング旅行の途中でな。あいつらも、既に大学生になっちまった。どうだ。今夜は、たっぷりと可愛がってもらいな」

絶え間なく、チロチロと流れ続ける鼻血をぬぐうことも出来ず、淳也は兄貴の言葉を聞いていた。

それは、新しい期待を運んでくる。何をされるかわからぬ恐怖心と、何をされてもいいという好奇心が、交互に淳也を襲った。

ズボンのジッパーをおろし、トランクスを脱ぎ捨てて、兄貴は、淳也の胸の上にまたがって来る。ダランと垂れた、太い兄貴のそれを、言われぬ前から淳也は、口に持っていった。ムッと強いすえた臭気がする。

チマチマと、口の中で兄貴の雄イモをしゃぶりながら、淳也は再び堅くなっていく股間を感じた。

「気を抜いて舐めるんじゃねえぜ、手抜きのしゃぶりじゃ、俺は勃たねえからな」

淳也の口の中で、それは、ピクンピクンと小刻みに動き、少しずつ形を変えていく。

血にまみれて、真っ赤に染まった兄貴の雄イモから、白い血が飛び出すまで、尚しばらく時間がかかるだろう。

第八章　大股開いて

「兄貴!!　久し振りっす」

若く、明るい声がした。

「おう、元気だったか」

兄貴の声が、それに答える。

「へへっ!!　元気も元気、もうビンビンすよ」

「兄貴!!　聞いてくれよ、恒太の奴、昨夜も俺の寝袋にマラをこすりつけて『やりてえ、やりてえ!!』って、叫びやがんの。俺、たまんねえよ、この色情狂いにはよ……」

「ハハハッ!!　何せ、今日があるからよ、弘の奴、我慢しろって言いやがんのさ。でもさ、兄貴、二日もやんなきゃ、はちきれそうに脹らんで、重てぇんだよな」

三人の足音は、蔵の前で止まる。鍵をあける音が、ガチャガチャと聞こえた。

「ねぇ、兄貴、今年は、どんな奴だい」

「まあ、自分で見てみるんだな」

「ハッ!!　もったいつけてんの」

ギギッと重い音をたてて、蔵の扉が開く。入口から射し込む眩しい日射しに、三人の男のシルエットが浮かぶ。

「ウヘッ!! 臭せぇなあ!! まるで豚小屋みてえな臭いがすらあ!!」

「当り前だ、ここに連れ込んでから、風呂どころか、シャワーすら浴びさせてないんだからな」

兄貴の声が、間近に聞こえる。しかし、淳也は、何も見えない。そう、淳也の眼は、皮製の眼被いで、みっしりと眼かくしされているのだ。

淳也の姿を述べよう。

淳也は、ここに連れ込まれてからというもの、満足に身を隠す布切れ一枚も、許されていない。だから、まったくのスッポンボンだ。

埃の厚く積もった古椅子に座らされ、その両脚を、椅子の足に左右それぞれ縛られている。

それは丁度、股をおっ広げた形なのだ。

両手は、万歳の形に頭上高くかかげられ、腋下の豊かな繁りを、あらわに曝している。両手首は交差して結えられ、梁から垂らした鎖に吊るされるように、カギにひっかけられている。

頭髪は、兄貴の所有物になった証しに、青剃りにされているので、余計、腋下や股間のあまりに黒々とした毛の繁茂が、やけに欲情をそそる。

そして、何より眼を引くのが、股間の雄イモである。それは、充分に剥きおろされ、ギタギタと光沢を帯びた先っ穂を、赤黒く充血させている。

黒い細紐で、キリキリと縛りあげられている為、それは、ニョッキリとおっ勃ち、ブルブルと小刻みに脈動していた。

「相い変わらず、兄貴、スゲェことやってるなあ!! 俺、本当に感心しちまうよ」

恒太と呼ばれていた若者は、そう言いながら、いとも無造作に、淳也の雄イモの剥けきった先っ穂を握ってくる。

ピクンと、一瞬淳也は肉体をふるわせた。

「ハハッ!! こいつ、ふるえてやんの!!」

そう言いながら、恒太は、執拗に淳也の雄イモを揉んでくる。

「おい、今更、恥かしがることもないだろ。兄貴に、さんざ、いじくられたんだろ。俺らが、兄貴の代りに遊んでやるんだぜ、宜しくお願いします位、言ってみな」

「おい、おい、恒太、お前、一年振りに、ずい分、Sっ気が出て来たな」

兄貴の、まんざらでもないような声がする。

「こいつ、前から、そうっすよ。それに、去年のあいつ、あいつの時、兄貴、教えてくれたでしょ、縛り方とか、責め方とか。それで、やみつきになっちまったってわけ……」

これは、弘と呼ばれている若者の声だ。

「ならば、今年は、本式にやってみるか、こいつの肉体、使って……」

「本当？」

「ああ、好きにやってみな。これだけの肉体だ。お前らが少々荒っぽくやっても、大丈夫だろう」

そう言いながら、兄貴は、淳也の背を、パンパンと、まるで物扱いのように、平手で叩いた。

「ウヘッ!! こいつあいいや、面白いことになったぜ。なっ!! 弘!!」

「ああ」

こうして、淳也の肉体は、兄貴からそのまま、恒太と弘の手に渡された。それは、淳也の意志など、初めから無視して、きわめて、簡単に行なわれた。

既に、淳也の肉体は、淳也のものではなくなっていたことを、淳也はあらためて、知ることになる。

「今夜は、泊まっていくんだろ!!」

「ええ、そのつもりっす」

「ならば、丁度いい、俺は、一度、東京に帰るから、留守番を頼むか」

「まかしときなって……」

「冷蔵庫に食べる物は詰まってるからな、好きにやれ」

「兄貴!! 早く行きなよ、俺ら、マラが怒り出しちまって、根元が痛てえや」

「現金な奴だな。どうせ、今夜は一晩中やりまくるんだろ!! そう焦るなよ」

「ハハッ!! 図星!!」

やがて、兄貴の足音が、遠ざかっていく。淳也は、ふと心細い感じがした。それは、まだ淳也が、この二人の若者の顔を見ていないせいかも知れない。見ず知らずの若者達の中に、一人とり残されるのは、淳也にとって、やはり心配だった。

第九章　あの味は……

再び、蔵の扉が閉められた時、淳也は、いよいよその時が来たことを知った。

淳也の眼かくしが剝ぎ取られたのは、それからすぐのことだ。淳也は、自分の前にたたずみ、淳也の肉体を、頭の先から足の先までじっくりとなめまわしている二人の若者を見た。

二人は、ほぼ淳也と同じ位の年格好だ。二人とも、深いグリーンのTシャツを着ていた。白文字でT・S・サイクリング・クラブと英字のイニシャルが入った、ひどくペラペラのTシャツだ。

何度も着古したのか、色もやや落ち、薄く、二人の肌に密着している。この数日、着続けた為か、ツンと汗の蒸れた匂いが強い。

下は短パン。白かったはずが、これも薄茶けている。真っ黒に日焼けした脚が、パンパンに張りきり、野太かった。

恒太は、毛深いらしく、ただでさえ浅黒い肌に、剛毛が密生して、ほとんど真っ黒だ。スカッとスポーツ刈りの頭がよく似合う。

弘は、恒太と比べると、体毛は薄いらしい。しかし、まくりあげて肩を丸出しにしたTシャツの腋毛を見ると、あるべきところの毛は、濃いらしい。パーマをかけた髪も、うっとうしい程伸ばすことをせず、スッキリと短めに切っている。額に組紐のようなものを巻き、髪が垂れ下がってくるのを防いでいる。

「おい、お前、口がきけねえのかよ、むっつり黙りこくりやがって……。俺らが、今夜は、たっぷり可愛がってやるってんだよ。宜しくお願いしますって言ってみな」

恒太が、いきなり、淳也の頬を平手で、張り、言った。

バシッ!!

それは、若い肌と肌がぶっつかり合う、小気味良い音をたてた。

淳也は、思わず、のけ反る。しかし、両手を吊り上げられ、淳也には避けることは出来ない。

「ヨロシク、オネガイシマス!!」

「何、聞こえねえよ、も一度、デケェ声で言ってみな」

恒太は、意地悪く淳也を責める。

「ヨロシク、オネガイシマッス!!」

「聞いたかよ、弘。こいつ、お願いしますとよ」

弘は、ニヤニヤ笑いながら、淳也を見下ろしている。

「何を、お願いされようかな」

恒太は、わかりきっていることを、しつこく言う。早くも、言葉による責めが始まっているのだ。

「俺達にわかるはずないだろ!! そいつに聞いてみろよ」

弘は、笑いながら言う。

「違いねぇや、おい、何をお願いするんだよ、言ってみな」

恒太は、淳也の顎を指先で、グイッとあげ自分をよく見ろと言わんばかりに、淳也の顔を上にむかせる。

「何って……」

淳也は、口ごもる。

「何だ、お前、お願いすることも、わからずに、口先だけでお願いしてんのかよ」

淳也の両頬に、再び恒太の平手が見舞う。

バシッ、バシッ!!

「お前、俺のチンポコが舐めてえんだろ。エッ!!　そうだろ!!」

淳也は、黙ってうなずくしかない。

「口で言ってみな、口で!!」

「舐めさせて、下さい……」

「何を、舐めさせて下さいってんだ、ちゃんと言ってみな」

「チンポコを、舐めさせて下さい」

淳也は、そんな露骨なことを言わねばならない自分を、情なく思った。しかし、それは淳也の心のどこかで望んでいることでもあったのだ。

成熟しきった兄貴のそれは、既に何度となく舐めさせられている。淳也の口の中狭しと暴れまわる兄貴のそれは、確かに、圧倒的な重量感で、淳也を悩ました。だが、兄貴以外のそれの味を淳也は知らない。

今、限の前にギラギラと欲情した眼を輝やかしている恒太のそれは、だから、淳也にとって、初体験の別のオトコのものなのだ。

まだ青臭い、ようやく熟れ始めた若い雄イモの味。淳也は、舐めてみたい、ふくんでみたい、しゃぶってみたい、そう心の奥で思っているのだ。

「誰のチンポコを舐めたいんだよ」

恒太が言う。

「あなたの……?」

「おい、弘はどうなるんだよ。お前、弘のは舐めたくないって言うのかよっ」

「いいえ、そっそんなこと……」

「フン!! じやあ、初めから、ちゃんと言ってみな。恒太様と弘様のチンポコを舐めさせて下さいってな」

「恒太様と弘様のチンポコを舐めさせて下さい」

「声が小さい、もう一度!!」

「恒太様と弘様の……」

結局淳也は、十回、同じことを繰り返させられた。蔵の中にビンビンに響かせて、この単調な、露骨なお願いが、淳也の口からどならられたのだ。

「おい、弘、こいつ、俺らのチンポコを舐めたいとよ」

「こうまで頼まれたんじゃ、舐めさせてやらないわけにも、いかないだろう」

「まあな!!」

恒太は、ニヤリと笑い、おもむろに短パンのゴムに手をかけ、ブリーフごと、一気にそれを膝頭までずり下げた。

弘も又、恒太と顔を見合わせ、ニヤリと笑うと、短パンに手をかける。

ズズンと、二本の雄イモが、淳也の眼の前に飛び出てくる。真っ黒いモシャモシャとした繁みの中から、それはもういきりにいきり勃ち、淳也をあざ笑うかのように、ビクンビクンと首を振っている。

数日、風呂に入っていないらしいそれは、ムワッとすえきった臭気を発散している。こびりついた白いカスが、脂ぎってジトジトとしている。

「くれてやるぜ、たっぷり舐めな」

弘が、ズンと腰を出す。

「おい、弘、俺のも舐めさせせるんだからな」

「二本一緒に舐めさせればいいさ」

汗臭いTシャツと短パンが、二つに分かれその間からニョッキリとつき出た、二人の雄イモは、カチンカチンに堅くなり、若さの証明のように、腹につきそうな角度で天を仰いでいる。

「ほら、舐めろ!! お前、いつも兄貴のを舐めさせてもらってるんだろう。こいつを舐めるのが嬉しいんだろう、ほら、ほら、ほら、ほら……」

弘の腰と恒太の腰が、二つながら、まるでせめぎあうように、淳也の口元へつき出される。その臭い雄イモを、淳也は、口一杯開いてほおばる。淳也の鼻腔をムッとつく、若い雄の脂ぎった匂いが、やけにきつかった。

弘と恒太、二人の雄イモは、淳也の口の中で互いに己れを主張し合い、ゴツゴツと音をたてて、こすれ合う。

淳也は、必死になって、二本の雄イモをしゃぶった。ネトネトと感じるのは、二本の恥垢だ。そのチーズのような舌ざわりと、強烈な臭気は、淳也を悩まして止まない。

兄貴のものは、いつも剥けきり、又、よく洗うらしく、恥垢はついていない、と言うより、つくひまもない位、使いこんであるのだ。だから、淳也にとって、それは初めての味だった。

「オエッ!!」

思わず、淳也はえずいてしまう。胸がムカムカし、匂いばかりが、鼻につくのだ。こみあげてくる吐き気を、懸命に我慢して、淳也は、このギタギタの雄イモに舌を絡ませた。

「旨いか？」

「ウウッ!!」

「旨いかよ」

「ウウッ!!」

二人は、交互に、淳也の表情を観察しながら尋ねてくる。二人は知っている。この作業がどんなに汚いものか。例えば、二人にやれと言っても、二人は言下に否と言うに違いない。

だが、己れがやるのと、誰かにやらせるのとは、自ら違うのだ。淳也というこの若い雄に、この作業をやらせることは、確かに小気味よかった。

「もっと、舌を使えよ、首のくびれのとこを、ペロペロしな」

「ウウッ!!」

「歯をたてたら、承知しないぞ、ううっ!! そうだ、そう、その調子だ」

淳也の鼻先に、豊かに繁った黒い森がある。それは既に汗の玉を一杯に吹いて、チクチクと淳也の鼻先を刺した。

淳也は、すっかり恥垢を舐め落とし、ヌルヌルに舌ざわりもなめらかになった二本の雄イモをほおばる。

「ウウッ!! たっ、たまらんぜ」

「アッ、アウ!! こっ恒太っ!! 俺、俺、脳天が、ジーンとしびれてきた」

「オッ、俺もだ、お前のチンポの堅さが、俺のに伝わってくるぜ」

「お前のもだ、ピクピクしてやがらあ!!」

「アッ、アアッ!!」

「いっ、いきそうだ」

二人の興奮にかすれた声が、淳也の耳に入ってくる。淳也の口の中で、二本の雄イモは思う存分、暴れまくっているのだ。

と、その瞬間、二人の手は、ほとんど同時に動き、淳也の頭の後ろにまわされ、グイッと一気に、股間へと引き寄せた。

プチッ!!

それは、まさに音をたてて言える程の激しさで、淳也の口の中一杯に脹れあがり、はじけ飛んだ。

グビッ!! グビッ!! グビッ!!

何度も何度も、熱い汁が、淳也の口の奥壁にぶち当った。

「出てるぜ。ハーッ!! ハーッ!! まっ、まだだ」

「俺のも、出てるぜ、出てるぜ」

ムッと強いあの匂いが、淳也の舌の上を転げまわり、淳也はあやうくむせかえるところだった。

「いいか、全部、ウーッ!! 全部、飲むんだぜ。四日分の汁だからな。濃くて、旨いだろ」

弘が、喘ぎながら言った。

確かに、二人の精液は、兄貴のものとはひと味違っていた。それは、脂っこく、妙にネットリとしていたのだ。

第十章　ねぎぼうず

「おい、弘、アレ持って来いよ」

恒太の声に、弘は、一度、蔵から出ていく。その間に、恒太は、汗でぐっしょりになったTシャツをかなぐり捨て、短パンを脱ぎ捨てる。

脚や腕は、くっきりそれとわかるように真っ黒に日に焼けていたが、肉体は、それと比べるとやや焼け方が浅いようだ。

骨太の堂々とした体からは、汗が吹き出てダラダラと伝い流れていく。肉厚の体に、プリプリとした小さな尻が、妙にセクシーなのだ。

薄い水色のビキニブリーフ一丁になると、股間のふくらみが更に強調され、ほとんどそれとわかる程、くっきりと肉棒の形が浮き出て見える。

厚い胸板を飾るように胸毛が巻いていた。

「オッ!!　もう脱いじまったのか」

戻って来た弘は、紙袋を持っていた。

「暑くてたまんねえや。お前も脱げよ」

「アア!!」

弘は、その紙袋を恒太にポイッと投げ渡すと、Tシャツを脱ぎにかかる。胸元にキラリと光ったのは、小型のペンダントらしい。きめの細かい肌だが、これも又、かなり肉厚で、金の鎖が、よく似合う。

「この中に入ってるもの、何だと思うよ」

恒太は、紙袋の中に手を入れ、ガサゴソやりながら言う。

「……」

弘は、薄茶色の小さな布を取り出すと、それを淳也の鼻先に、ブラブラさせる。

「ブリーフ!!」

淳也は、ぼそりと眩いた。

「こいつは、記念のブリーフさ」

「記念の？」

「おととし、初めて、ここに来た時、お前と同じように、兄貴に可愛がられていた奴のさ」

「ああ、高木とかいう奴!! あついのケツに何発やったかな」

「高木先輩の!!」

恒太は、ふと想い出し笑いをする。

「俺達ばかり楽しむのも可哀想だから、あいつのブリーフで、あいつのマラをこすってやったんだ」

弘が、後をついで話す。弘も又、既にブリーフ一丁の裸だ。

「五発やってやった。あいつのマラの先の皮がすりむけて、『痛てぇ!! 痛てぇ!!』って暴れるもんだから、それで許してやったんだ。

でも、ブリーフはあいつの汗でベショベショさ、俺達、兄貴に頼んで記念にもらったってわけ……」

「そう、そう。で、昨年の奴、水飼とか言ったたっけ……」

「水飼先輩も？」

「そいつの時は、連続射精ではなくて一晩がかりさ。それで、七発、みっしり染みこませてあるんだ」

「どうだ、よく嗅いでみなよ、いい匂いだろ」

恒太は、その茶色に汚れたブリーフを淳也の鼻に押しつける。密かに、雄の匂いがする。そう淳也は思った。

「今は乾ききってるけれど、湿らせると、きつく匂うんだよ」

弘が、ニヤニヤ笑いながら言う。

「さあ、口、あけな」

恒太が、急に真顔になって命じた。

「たっぷりダシが染みてるから、旨いぜ」

否も応もなかった。アッと言う間に淳也の鼻がつままれ、呼吸をする為に開けた口へ汚れきったブリーフが詰め込まれた。

「ウ、ウグッ!!」

弘が、ガムテープを千切り、サッと淳也の顔に貼る。淳也は、高木と水飼の精液の染みこんだ、茶色く変色したブリーフを口一杯にほおばったまま、ガムテープで、口を開かぬよう貼りつけられたのだ。

「ウウッ!!　ウウッ!!」

唾液に濡れたブリーフは、次第にその本性を現わしていく。

「おい、恒太、そろそろ、いくか？」

「もち、いこうぜ」

二人は、淳也の口封じをし終えるや、紙袋の中から、淳也の肉体の為の道具を取り出した。

始終、二人は顔を見合わせ、ニヤニヤ笑っている。

「動くなよ」

弘が言う。

弘は、淳也の股間にしゃがみ込み、淳也の雄イモをジンワリと揉んだ。淳也のそれは、黒い細紐で縛られているので、萎えることを知らず勃起している。

チクッ!!

その時、淳也は、自分の筒先に、痛痒(がゆ)いものを感じた。

弘は、丁度、淳也の剥けきった亀頭の薄皮に、針を刺したのだ。

ツンツンツンツン、弘は慣れた手つきで、針の頭を、指先で軽く叩き、針先を、淳也の肉に入れる。

手を離した弘の眼の前で、針は淳也の肉の表面につき刺さっていた。

チクッ!!

二本目の針が、淳也の肉を刺す。

「動くと、弘の手元が狂って、ズブッと針が入っちまうぜ。じっとしてるんだ」

それは、恒太の声だ。言われるまでもない、淳也は息を詰めて、弘の手元を凝視していた。脂汗が、ダラリとこめかみを流れた。

チクッ!!　ツンツンツンツン!!

チクッ!!　ツンツンツン!!

薄すらと血が、にじんできた。

チクッ!!　ツンツンツンツン!!

既に十数本の針が、淳也の雄イモの亀頭部につき刺さり、まるで針山のようになりつつある。耐えがたい時間だった。じっと息を詰めて、己れの雄イモに加えられる甚振り(いたぶ)りを見つめることは……。

チクッ!!　ツンツンツンツン!!

痛痒さが、亀頭全体にじんわりと広がっていく。腋下からは、汗が絶えまなく吹き出、タラタラと脇腹へ伝いおりていく。

「まるで、針ねずみだな」

恒太が、さもおかしそうに言う。弘は恒太を見上げ、ニヤリと笑った。

十分後には、既に淳也の雄イモは、まるでネギボウズみたいに、一面針をつきたてられ、亀頭の形に針の波を描いていた。

淳也は感じた。自分の雄イモの先っ穂が、カッカッと燃えるように熱くなっていくのを。

「どうだ、チンポコの先っ穂に飾りをつけた気分は……」

淳也の、椅子に縛りつけられていた脚の縄が、弘の手でほどかれる。

恒太は、淳也の両手を吊り上げている鎖を引きあげる。

淳也は、必然的に立ちあがらねばならなくなる。ニョッキリとおっ勃った雄イモは、針につき刺されながらザヤザヤと音をたてる。

「いいか、股を開いておくんだぜ」

恒太が言う。

淳也は逆Yの字のまま、次の言葉を待つ。

「そのまま、もだえてみな。俺らが抱いてやりたくなるぐらいにな」

弘と恒太は、椅子を持ち出し、淳也の前に座る。

「ほら、やりてえ、やりてえ！　マラが疼くだろ！」

淳也は腰を振り、もだえる。グイッと腰を前に突き出す度、針千本の雄イモがグビングビンと揺れた。

「お前は、もう、男の肉体なしでは生きていけないのさ。マラの匂いを嗅ぐと、チンポコがおっ勃つんだ、えっ!!　そうだろ!!　さあやりてえ!!　やりてえ!!　と、もだえてみろ」

二人は、淳也の見ている前で、体をからめディープキッスをする。

恒太の手が、弘の股間に伸び、ブリーフの上からゆっくりと揉み始める。

弘は、スーッと甘い溜息をもらし、恒太の乳首をもてあそぶ。

それは明らかに、淳也の欲情をさそうものだった。

「やりてえ!!　やりてえ!!」

淳也は心の中で、叫び出す。腰を前後に揺さぶりながら、淳也は発情していた。

「見ろよ‼　あいつ、本気になって欲情してるぜ。眼がトロンとしてきやがった」

「フフフフッ‼　もう少し、もう少しだぜ」

淳也の発情が頂点に達する一歩前で、弘は、淳也の雄イモにつき刺した針を、抜き取る。

チチチチチッ‼

床に針が、散乱する。

淳也の亀頭の薄皮には、限に見えぬ穴が無数にあいているのだ。それを知りながら、弘は白い砂をまぶす。

「ほら、やりてえんだろ‼　うんと飛ばせよ」

ザラザラとした白い砂をまぶされた一瞬、淳也は、カッと限を見開き、声にならぬ声で叫んだ。

それは、塩だったのだ。雄イモに無数に刺しあけられた穴へ、塩は容赦なくすりこまれる。

淳也は、ガタガタと全身を波うたせて、もがきまわる。しかし、吊り上げられた腋のつけ根が痛むばかりだ。熱いしごきに、だが、淳也の若い性欲は、高まりに高まるのだ。

塩は、淳也の脂汗に溶け滲んでいた血にピンクに染まる。

「ウーウーウーッ‼」

弘の手は、盛んに淳也をこすりあげる。

淳也は、熱い痛みの底に、せめぎあがるものを感じた。

「アッ、アウッーッ‼」

ビュン‼　と一撃は、弘の肩先に飛び、ペチャッとこびりついた。続いて第二撃、第三撃が、弘の胸を打つ。

痛みと快感が、同時にある。それは、これからの淳也の性を暗示するものだった。

「針は、体にきくんだぜ。とくに、ここにはな」

弘は、ニヤリと笑い、淳也の雄イモを、尚も揉みしだいていた。

第十一章　三匹の獣そして

後始末は、きちんとしなければならない。長椅子に横たわる弘の肉体を、淳也は舐めていく。弘の肩口から胸板にかけて、淳也の飛ばした精液が飛び散っている。淳也は、それをていねいにすすりあげ、汗臭い弘の肉体をきよめていく。

かがみこんだ淳也の下半身は、だから、恒太の前に無防備に曝すことになるのだ。

「俺が先でいいか‼」

恒太が言う、

「ああ、俺は、こいつに全身舐めさせてからにするよ」

淳也の首根っ子に片手を巻きつけ、弘は、もう一方の腕を自分の頭の下にやる。曝された腋下に、弘は淳也の顔を埋めさせる。

「いい匂いだろ‼　たっぷり味わえよ」

淳也は、蒸れた弘の体臭がひそむ腋下の繁みに鼻をつっこみ、ザラザラと舌を這わす。

モシャモシャと茂った腋毛は、淳也の鼻を刺した。

その淳也の剥き出しの尻を、恒太は、さすっている。その指は、やがて谷間に沿って下降し、毛をわけ、淳也の穴を捜し出す。

「唾ぐらいつけてやれよ」

弘が言う。

「大丈夫さ、風呂に入ってないせいか、こいつ、脂がういて、ヌルヌルしてるからな」

淳也の後ろで、恒太はブリーフを下げる。

「入れるぜ」

「ウッ‼」

淳也は、秘口の部分に熱い肉棒を感じた。ヌルッ‼　それは、目標をわずかにそれ、淳也の谷間をこすりあげる。

「力を抜けよ、俺の味を覚えさせてやるからな」

再び、恒太は腰を使う。ミリリッ‼　淳也は思わず呻いた。前のめりに体が動く。それはそのまま、弘の腋下に顔をこすりつけることになる。

「ウウッ‼」

カッと尻の肉が裂けたと思うと、恒太のそれは、ヌンメリと侵入してくる。それは、ゆっくり、しかし確実な犯しだった。

「クッ‼　しまりがいいぜ、こいつ‼」

淳也の尻たぶに、恒太の双玉がヒタヒタと当たる。恒太は、根元までつき入れると、腰を振り始める。

それは、力強く、グイッグイッと淳也の尻をつきあげてくる。淳也は、既に弘の腹を舐めかけていた。

「もう少し下だろ、お前の本当に欲しいのは……」

弘は腰を浮かし、ブリーフを一気にずりおろす。淳也の前に、弘の雄イモが、とび出して来る。

「ほら、ふくみな!!」

弘は、そう言うと、両腕を頭の下で腕枕にし、眼を閉じる。すんなりと伸びた弘の肉体の股間に、淳也はむしゃぶりついていく。

それは、当たり前の光景だった。若い雄が三匹、一匹の雄の股間を貪る雄の尻を、もう一匹の雄の腰が、強靱な動きでつきあげる。

もはや、言葉は、そこにはない。

弘の額は、快感にふるえ、眉間を寄せている。

淳也の頬は、弘の雄イモを吸う為に、キュッとへこみ、へこんだまま上下に動いている。

恒太のプリプリした尻の筋肉は、グッグッグッと緊張し、前後に揺れている。

三人の出す、湿った肉の音と、喘ぎ呻く声だけが、蔵の中に響く。

押し殺した雄の快楽の声は、確かに欲情感豊かだった。

それは、次のゲームまでの中休みにすぎないのだ。

弘と恒太は、時折、眼と眼をあわせ、互いに、次にこいつ、つまり淳也をどうやって可愛がってやるか、考える。

淳也は、口と尻に受け入れた二本の雄イモの重量感を貪ることに余念がない。既に、淳也の肉体は、この充足感なしではもの足りなくなってしまっているのだ。

高木や水飼がそうであったように、淳也も又、男だけの世界の人間になりつつあるのだ。汗にまみれた男の肉体が、こすれあう、そのヌルヌルとした感触に、淳也は情欲をそそられる。三人の獣の結合、その脂ぎった若い肉体の発する蒸れた臭気、熟れかけた肉体が、やがて、一人前の肉体となるのを、兄貴が待っていることを、淳也は知っている。しかし、発情した雄の狂態を、その時、じっと見つめる眼があるのを、淳也も弘も恒太も知らない。

思えば、それは、弘と恒太が、己れの雄イモを淳也の口へつっこんだ時から、ずっと見つめていたのだ。

恒太の腰遣いが、更に激しくなる。弘の玉の裏を舐めあげる淳也は、恒太の動きにあわせて、頭を動かせばいいのだ。弘は下唇をかみ、必死に耐えている。

もうすぐ、もうすぐだ。

三人を見つめる眼が、ニヤリと笑った。

初出　「さぶ」一九八三年十一月号〜一九八四年一月号

野郎への道程

男になるための苦業

第一章　慎

同じ横浜でもここら辺まで来ると、俄然緑が多くなり、なだらかな丘陵にはすでに秋の気配が感じられる。兄貴の運転するスカイラインは、色づき始めた小高い山の合い間を縫って、滑るような快い走行音を響かせている。先程から、時たま思い出したように吹いていた口笛を止めると、兄貴は横に坐っている俺に声をかけて来た。

「おい、慎！　お前の息子、ピンピンしてるか？」

兄貴は俺の方に顔を向けず、端正な、それでいてゾッとするような男の色気を漂わせた横顔を見せながらそう言った。

「えっ、は、はい」

俺は突然の問いにドギマギしながら答える。

「そうか、そうだろうな。この一週間というもの、自慰を禁じていたんだもんな。ピピンとおっ勃ってなきゃ野郎じゃねえよな」

相変わらず兄貴はフロントガラスに目を向けたまま、つぶやくように言った。

「濡れてるか」

しばらく間を置いて、兄貴はぽつりと、又口を開いた。

「えっ！　あっ、あのどうだかわからないス。でもたぶん濡れてると思うスが……」

そう言うと、俺はサイドに白い線の入った赤いトランクスを見下ろした。それは兄貴が俺に買ってくれたものだが、サイズが一回り小さく（兄貴の好みだった……）それにサポーターをつけるなという厳命だったので、俺の息子は直に、スルスルと冷たい感触のするトランクスに当てていた。その為、ほんの少しでもサオが形を変えると、赤い光沢のあるそのトランクスは淫らな襞を中央に集中させて、ありありと俺のサオの形を浮き上がらせるのである。時には、俺の股を限界以上に開かせて、脇からはみ出たものを飽かず眺めることもあった。

「たぶんだと……、俺の質問に仮定形で答えるのかよ。俺が何時(いつ)、そんな答え方を許した。すぐに確かめてみろ。脱げよ、そいつを……」

兄貴は応答する間も与えず、厳然と言い放った。

東京を出る時、兄貴は俺のTシャツをかなぐり捨て、押し込むようにサイドシートに坐らせた。だから俺は車中、上半身裸で、トランクス一枚を身に付けているだけだったのだ。そして今また、そのたった一枚残された俺の身をおおうものさえも脱ぎ捨てろと言うのである。俺がためらうのも無理はない。もじもじしている俺の気持ちを察してか、兄貴はチラリと俺に一瞥を与えると言った。

「なんでえ、お前、俺の言いつけが聞けねえとでも言うのかよ、早くそんな邪魔くせえもん、脱いじまいな。お前は何も身につけてねえ方が、ずっといかすぜ！　対向車も、こんな人里離れた路を走るはずもねえー、それにもうすぐ目的地に着かあ。目的地に着きゃ、もうじっくりお前の体を拝ませてもらうゆとりもねぇからな、さあ、さっさとスッポンポンになっちめえな」

　有無を言わさぬ口調に、俺はもはや仕方がないと観念し、トランクスに手をかけると、車の振動に合わせてゆっくりとずり下げていった。

　走っている車の中で脱ぐという行為は一見易しそうに思えるが、存外、狭い空間の中で体の安定を保ちながら脱ぐのは、なかなかこれで難しい。加えて、容積、重量共に最大限に膨張したサオがひっかかって、トランクスは思うように肌をすべってはいかない。尻をひょいと浮かしすばやくその下を潜らすと、鍛え上げた太い股で再び小休止である。ようやくのことでそこを抜けると、足下に赤い色彩がわだかまった。

　今や完全に一糸まとわぬ素裸になった俺の体には、秋の日射しがフロントガラスを通し緑の斑紋が散らされている。

「あっ兄貴！」

　俺が脱ぎ終えたことを告げるために、おずおずと声をかけると、兄貴は俺の股間に目を走らせ言った。

「ちっとも濡れてねえじゃねえか！　お前もいいかげんな奴だな。何が濡レテイルト思イマスだ。まあいいさ、俺がヌメラせてやるぜ」

　兄貴は片手運転をしながら、あいた手を俺の息子にあてがうと握り、きつく締めたり、弛(ゆる)めたりして、俺の敏感な部分に刺激を与える、兄貴の指が俺の息子を締め上げる度に、俺は「うッ！」

と喉を鳴らした。

「そろそろだな、どうだ濡れてきたか」

すでに俺のサオは激しくあえぎ、今にも噴火寸前、キラキラと輝くものがふれてきていた。

「アアッ、いい！」

俺の喉頭は激しく上下し、雄の中心からジーンと痺れが広がっていく。

「ヌメッてきやがったぜ。可愛いもんよ若い野郎ってのは、ちょいと刺激を与えればすぐに濡れておっ勃つんだからな。おう慎よ！　いい気持ちだろ、気持ち良かったら少しはよがってみろよ」

兄貴は皮の厚い、がさつな指で俺の息子の雄のミツを指で広げ、キュルキュルと音をたてて絶え間なく快感を与える。その度に俺の全身はきしみ、喜悦のあまり鳥肌が立っていった。

俺が自壊しそうな気配を見せ始めると、兄貴の手の動きは止み、興奮の静まるのを待って再びそれは挑みかかってくる。幾度もその繰り返しが重なると、俺の頭はボーッとし、視界が白い靄がかかったように薄れていく。

「あっ兄貴、い、いかせてくれよ……俺、もうこれ以上耐えられない。手足が痺れて……ああ、兄貴よお……」

その時、にわかに俺は、悦楽の頂点から奈落の底へ落とされたような失望感を味わわされた。兄貴が、俺への愛撫を急に止めたのだ。

何事もなかったような表情で、今は両手運転している兄貴の顔を、俺は薄れた意識の中で見つめながら、喘ぎ喘ぎ言った。

「そ、それはないっスよ、兄貴！　一週間おあずけを食らわして、今、又途中で止めちまうなんて……俺の袋の中には、もう許容限度を越えて雄のゼリーが溜まってるんスよ。こんなに燃え上がらせておいて、それはないっスよ！」

俺の息子はビクッビクッと鼓動を打ち、俺の腹を力いっぱい叩いている。溢れ出た透明なミツが糸を引いてシートに垂れ広がっていた。ここまで刺激しといて、その頂点間際で手を引くなんてそれは殺生というものだ。だが兄貴は取りすました横顔にかすかな意地悪い笑みを浮かべて、俺の欲求を完全に拒絶していた。俺は黙って項垂(うなだ)れ、尚も腹をノックして切望し続けている俺の息子を宥(なだ)めるしかなかった。

第二章　謙

路は谷を抜け、やがてゆるいカーブを描いて小高い丘をのぼって行く。両わきからは紅葉しかかった広葉樹が、路におおい被さるように垂れかかり、サッサッと乾いた音をたてて車の進む軌跡に従って揺れ動いた。すでに私道に入っていると見えて、玉ジャリを敷き詰めたゆるい勾配を、車はカラカラと石をからませる音をたてて進んでいく。

何度めかの角を曲がると、前方に数奇屋造風の凝った作りの家が、木の間を透かして姿を現した。まったく世間から隔離された風情で、その家は小奇麗に刈られた緑の中に沈んでいた。

「慎！　もうすぐだぜ、あれが目的の家だ。着く前に言っとくが、お前は俺の性奴だ。俺が望むままに動く『野郎』だ。ここはそういう奴らを集めて、性奴とは何かをみっちり調教する場所として設けられている。性奴としての心構えを身体にしっかりと受けとめろ。いいな。……ここから出て来る時、お前の体がどう変わっているか楽しみだぜ」

車寄せに兄貴のスカイラインが滑り込む。すると一人の若者、いや若い雄と言った方が、この場合当たっているかもしれない……が何処(どこ)からともなく跳び出て来た。

短く刈り上げられた頭髪はギラギラと脂ぎった頭皮をすかし、その下には野豹のような精悍(せいかん)な顔が、鋭い光を宿した目と共にあった。濃い眉は横一文字にスッと引かれ、肉付きの良い唇は、まさにフェラチオの道具そのままに健康そうな色を見せている。胸は喉元からすぐにせり出し、キュッと引き締まった胴に連なっていた。

敏捷(びんしょう)な動作で若者はスカイラインに近付き、兄貴に向って軽く会釈をする。こぼれるような白い歯が光り、八重歯が若者の顔を幼くした。若者はドアに手をかけると、太い腕が筋肉のなめらかな躍動を浮き立たせ、やがて俺は、秋だと言うのに初夏の新鮮な乾いた風の匂いを鼻に感じた。

俺は全裸であることにいささかためらい、あわてて足下に小さくまるまったトランクスを取り上げようと身をかがめる。すかさず兄貴の足が伸び、赤い色は黒い靴の下に消えた。

「もうお前にはこんなもんはいらねえんだよ。娑婆臭せえもんはここでは禁物だ。慎！　お前の新しい生活は、スッポンポンから始まるってえわけよ」

ハッと顔をあげると兄貴は促がすように顔をしゃくりあげ、ドアの外で二人の降りるのを直立して待っている若者を示した。わけのわからぬまま、視線を兄貴からその若者に移すと、俺は再びハッとし、そのまま若者をまじまじと見つめた。

若者は、レスリングの選手の着るようなトレーニングタイツを身につけていたのだが、今さっき目の前を横切った時には、唯の黒い陰としか見えなかったそのトレーニングタイツの特異性を、俺は固唾を呑んで見守った。

それは全面、網で仕立てられていて、若者の体の起伏を透かし見せつけていた。黒い網目を通して良く焼かれた健康な雄の皮膚があらわに見えるのである。小豆粒ほどもある乳首が、網の目から飛び出ているのはどこかほほえましい様子であったが、更に驚くのは、胴から太股までも同様な網であることである。

シートに坐っている俺の顔前には、若者の股間がそのままズバリ見透せ、隆々とそそり立った若者の雄は、網のトレーニングタイツをその形にゆがめ、堂々と前に突き上げていた。

「すげえ！　なんてぶっといんだ」

俺が思わず口に出した言葉に、若者は頬をかすかに赤らめたが、依然として俺が降りるのを促すように、俺の目の前に恥ずかしげもなく雄の銃器を「捧げ筒。」している。黒い付着物はそのなまめかしさをかえって助長し、若者の体の線や、動くたびに盛り上がる雄をいやが上にも誇示する。俺は自分が素裸であることを忘れ、その雄に誘われるままに、夢遊病者のように車を降りた。

兄弟の前には、今や二匹の魅力あふれる若い獣が、各々天にもとどけとばかりに捧げ上げている格好となった。兄貴は自分の側のドアを開けず、体を器用に移動させ、俺が今降りたドアから体を外に出した。

「壮観な眺めだぜ。雄と雄、どっちもどっちってところだな。どうだ、慎！　たまらねえだろう。お前の大好きな雄が手の届くところにいるってえのは。おうおう、仲間に挨拶せんか挨拶を、ケッ、慎！　お前ふるえてぜ、さっさと息子と息子をくっつけろよ。性奴の挨拶ちゅうもんだ」

兄貴は車から両足を出したまま、シートに腰を下ろし、丁度、顔の位置にある俺達のサオを舐めるように見ながら言った。若者は爽やかな笑顔を浮かべ、ズンと腰を前に突き出し、力んだ。奴の雄は俺の雄を誘うようにひくつかせている。俺もすかさず腰を突き出し、二本の灼熱したものは互いのうずきを伝え合う。

若者の固く充血した感触が、俺をどうしようもなく燃え立たせるのだ。

「もっとぴっちりくっつけろよ、女の腐ったような戯れ合いは吐き気を催すぜ。きつく互いを束縛して、一本になれ」

兄貴の手がスッと伸びると、二人の尻を強引に押し合わせる。その力に押されて、今や俺達は、腹と腹、胸と胸という風に完全に密着した。俺のすぐ目の前には、若者の快感に酔った上気した顔があり、甘い口臭が熱い風となって俺の唇を求める。背中にまわした腕がぐいぐいと互いを縛り上げ、やがて二人の唇は求めるままに合わさった。生温かい柔らかな舌が、俺の唇をこじ開けるように侵入し、俺はがむしゃらにそれを吸った。奴の舌は休みなく俺の口中を這い回り、熱い唾液をとめどなく流し込んで来る。俺はそれを一滴も余さず飲み下すと、今度は奴の口中深く舌をさし込む。音をたてて俺のそれは奴に吸われ、根がジンと痺れる程高まりを見せる。ゴクリゴクリと喉を震わせ、奴は俺の唾液をむさぼり続ける。

「もういいだろう。いつまで気を入れてるんだ。とっとと離れんか」

兄貴の冷酷な声が響き、俺達は再び向い合って直立した。兄貴は居並ぶその中央に立つと謁見するかのように、それぞれの雄をこすりあげ、やがておもむろに扉に向かって歩き出した。

若者はその後姿を見送ると、今しがたの抱擁に胸を荒らあらしく波打たせ、愛らしい八重歯を見せてニコリと俺に微笑みかけた。

「君のも相当なもんだよ。俺、ドッキリとしちまった。車から素裸の素敵な奴が降りて来るとは、思ってもみなかったからなあ。俺、謙って言うんだ。よろしく！」

若者はキピキビとした爽やかな口調で言った。

「俺は慎二、でも皆んなは慎て呼ぶんだ。だからこれからは慎って言ってくれよ、よろしく」

俺達は、己の全てを見られてしまったと言う心安さから、すぐに互いに好意を待った。

「一つ尋ねてもいいか、謙！　気になってたんだ」

「いったい何だ、何でも聞いてくれ、俺はかまわんぜ」

若者の肉に張り付いた黒いトレーニングタイツに透かされて見える雄のまわりの若毛も、腋に繁茂しているはずの羽毛も、伸びやかな双の足にまといつく柔毛も、若者の体毛は全て、あたかも剃り落されたようにすべすべしているのを見て、俺はひどく奇妙な感じを受けていたのだ。これだけの体を持った若者が、そこだけ未発達のままと言うはずはない。当然豊かな黒い繁みが、雄の匂いを秘めて、思うままに卑猥な翳りをオークル色に輝く体に与えていなければならない。現にこの俺の体には、水際にゆらめく甘草のきつい香りが、各々、所を得て生息しているのだ。

「ここも、ここも、そしてここにもあるべきはずの毛が、どうして皆剃り落されているのだろう。どうしたんだ」

俺は足を指さし、腋を撫であげ、最後に謙の重量感あふれるいきり立ったものを押さえながら聞いた。謙の雄はゆっくりと呼吸し、俺の愛撫をことごとく甘受しようと、その一点に全神経を集中しているようだった。

「そんなことか、ほらこいつを着ると、もし毛が生えてると、若い雄の柔らかな線が、消えてすっきりしないって言うのさ。それでここに入るとすぐに、こうされちまうのさ。でもこれ剃られたんじゃないぜ……アッ！ 慎、そこ、挟み込むようにゆっくり撫でてくれ、……ああっ、いい……いかすぜ、慎、脳天がツンと痺れるようだ……慎も、す、すぐやられちまうぜ、…うッ…抓め、抓むんだ…ああっ…」

謙は明らかに頂点に達する寸前だった。腰を小刻みに揺すり、歯をカチカチときしませている。

「慎！ 早く来い。何をぐずぐずしてるんだ」

俺達がすっかり打ち解けているのを感じたのか、扉の中から兄貴の嫉妬したような声がした。その時、謙の前はピッと音をたてて外れ、とめどなく白い放出物は、俺の胸から腹にかけて、その広がりを撃ち込んだ。謙の濃い雄の液体は流れることもせず、俺の体に白い花びらとなって散り乱れたのだ。

フッと溜息をもらすと同時に、謙はくずれ落ちるように、その場に身を屈した。秋の光の中で、俺の体をしとどに光らした謙の雄の証しはキラキラと半透明な輝きを宿し、俺はそれを体に摩り込むように撫でつけるとあわてて、扉に向かって駆け出した。俺の目の中には、扉のガラスに映って、謙が車をガレージに運ぶ、そのポッテリとした形の良い尻が揺れていた。

第三章　浩

「随分とお見限りでしたね。高野さん。この道から手をお引きになったのかと思っていましたよ」

背の低い、いかにも支配人と言った物腰の男が言った。

兄貴と俺は、客間らしき所に通されていた。と言うのも、そこが普通に言う客間とはいささか違っていたからである。いわゆる家具と言うものが見当らず、正方形のその部屋は白々しい空間にすぎなかった。二方に大きく窓がとられ、薄茶に色を変えた芝生には、幾つかの磔台(はりつけ)と、三角形に鋭く空を切った木馬が配列良く眺められる。

「マスター、それはねえだろう。一度野郎の味を覚えれば、なかなか抜けられるもんじゃねえよ。横倒しにした野郎のおっ勃った股間によお、靴のまま足をかけて力まかせにこねくりまわす時の、喉を嗄(か)らしてヒィヒィ泣きわめく野郎のよがり声、こいつぁたまらねえぜ」

その時、もう一方の側の扉が音もなく開き、二人の若者が黙礼して入って来た。二人とも謙と同じような黒いトレーニンダタイツを身につけているが、裸同然なその網目は変らない。

「新しい野郎でしてね。先日入荷したばかりです。こいつがテーブル、そいつが椅子と言う次第でして……」

慇懃(いんぎん)な口調で男が言うと二人の若者は部屋の中央に進み出、その場で手早く、網のトレーニングタイツを薄皮を剥ぐようにかなぐり捨てる。

「こいつらは、家具として奉仕する為の調教を受けていまして……どうです、このマホガニーを思わせる、しっとりと潤んだ光沢は……ご覧の通り全身くまなく焼き上げて、一点の白い肌もないのは最高級の家具と言えますよ。こいつらは、日に数時間紫外線を当て、この黒光りする色相が地に染み込むまで、素裸のまま転がして置く訳でしてね」

男はそう説明しながら、テーブルと言われた若者のものを押し上げ、その先端をおおうものまで、色濃く焼き上げていることを示した。日焼けした若者はポッと頬を赤らめ、それがまた実に初々しい色気を発散する。

若者が、その場に四つん這いに跪くと、尻の割れ目までが同系色に焼かれているのが見えた。椅子と呼ばれた若者は、その横に仰向けに、丁度ブリッジのような姿勢をとって、兄貴の重みを待ちかまえる様子を見せる。

「どうぞ、お掛け下さい」

男は優雅な手の運びで、兄貴に坐るよう促がすと、自分はテーブルになった若者のなめらかな弾力のある背に腰を下した。兄貴は椅子の形に身を屈している若者の腹を二三度確かめるように叩くと、そのより引き締った肉の上に腰かける。

「相変わらず面白え趣向だぜ。こいつの名は何て言うんだ」

「浩と申します」

男は、すかさず口をはさむと続けて言った。

「どうです、良いクッションでしょう。触ってやって下さい。こいつは触られるとひどく良い音を立てます」

兄貴の手は若者の突きあげられた股間の辺りを撫であげる。

「ああっ！」

若者は頭をのけぞらせて、快感にうちふるえた声をたてた。兄貴の重みに耐えるだけでも並大抵のことではないのに、今また強烈な刺激を股間に受けて、若者の体はきしみ、波打つ。

「いい按配にそってるぜ、握りがいもあるしよ。青筋起てていきがってやがる。ヌメリ具合も申し分ねえな。ほらよ、もっと泣け、声が嗄れるまで泣いてみろ」

俺は知っている。兄貴のあの指の動きは絶妙で、若い野郎の性感はその愛撫に三分と耐えることは至難であることを……。案の定、浩の体は次第に昂まる喜悦の周期に身をゆだね、せつない嗚咽と共に体を上下させ始めた
「ほほう、こいつあいい、雄の匂いが吹き出て、濃厚な臭いが鼻をつくぜ」

あたりは甘い若葉の匂いが立ち昇り、すすり泣くような浩のよがり声だけが、空間を満たす。浩の全身からはドッと汗がにじみ出てタラタラと体を伝って床に流れていく。

その間、俺は兄貴の側に立ちつくしていた訳だが、目の前で行なわれている雄の狂宴を固唾を呑んで見守り、ものからは熱い雄のミツがこみあげていた。

「慎！　こっちに来てみろ。もうすぐこいつは行っちまうぜ。よく見ろ、どうだ、羨ましいか、こうして皆が見ている前で、雄の叫びをあげられる牲奴をよ。これが雄の生理だぜ。お前は一週間分のミルクが溜まっているとさっき俺に嘆願していたが、ここに来ればそんな我慢はしねえですむ。こいつのように一日のうちに何度も絞り取られて、その度にドドーッと濃いミルクを吹き出せるってえ訳だ。いいか、慎！　絞られて、絞られて、絞りつくされて、お前のものが真赤に

腫れあがっても、なおも執拗に絞り取られるんだぜ、どうだ嬉しいだろう。萎える間もなくグリグリとこね回され、ミルクタンクが空になるまでみっちりしごかれる。多分、お前のことだ、ミルクが無くなることはあるめえ。濃い奴を威勢よくぶっ放し続けるだろうがな……。へへっ、こいつもそろそろ御陀仏のようだぜ。服を汚されちゃかなわねえ……。慎、お前の口でこいつの激情をすっかり吸い取ってやれ」

俺は兄貴の言うまま、浩というその若者の股間に顔を埋めた。ヌラヌラした熱い臭気が鼻をくすぐる。そこはまさに熱風が吹き荒れ、毛のないその周囲は薄墨に色をなし、淫らな襞が顔を火照らせる。激しく脈打つ浩の太いそれは、汗と絶え間なく湧き出る雄のものとでしとどに濡れそぼり、俺は唇をその方向に寄せた。

「ほらほら、してやるんだよ。お前の舌は伊達についている訳じゃあんめえ！　早く撫でまわしてくれって、すすり泣いてるぜ」

俺の舌が浩のものを撫でる度に、浩は体を振って揺れる。太股はすでに限界を起えたようにひきつり、浩の肉付きの良い尻に回した俺の手をすかして、その快感を伝える、俺はもう理性も何もかなぐり捨て、ただひたすらに浩に抱きつき、顔を前後に振った。するとスポッスポッと小気味良い音が鳴り、泡立つ息吹きを感じる。

「あっ！　いい、いい」

遠くの方から、浩の呻きが聞こえる。ぐっと込み上げた激流が、浩の先端を二つに裂くようにせめぎ、俺の中深くしたたかなその証しを噴き上げた。クックッと幾度もそれは脹らみ、その度におびただしい雄のものが、俺の中一杯に、まるでトコロ天のように押し出され、満ちあふれていく。強烈な刺激が俺の喉をヒリヒリと熱くし、浩のものは全てを出し終えても一向に衰えることなく、ピリピリと痙攣（けいれん）する余情の中で、雄々しく太くうごめいていた。

第四章　豊

「マスター！。いい音色だったぜ。チンポにちょいと刺激を与えるだけで、涙を流してよがるなんざあ、感度抜群の野郎だ。この分じゃ、俺が抱いて可愛がってやりゃ、それこそ昇天もんだ。へへっ！　こんなことを言ってるうちに、俺の息子も、ひどくおっ勃ってきやがった。たまらねえ、奴のうしろにたんまりとぶっ放なさにゃ、収まりそうもねえや。おうマスター！　こいつ、二時間ばかり貸してくれねえか。メタメタにいたぶってやりてえ」

俺が浩の息子から口を放すと、兄貴は、なおも余韻を鳴り響かせて突き上げている浩のそれを、いとおしげに弄（もてあそ）びながら言った。浩は嗚咽にむせび泣き、兄貴の尻の下で悦虐にこらえている。

「それはもう、ようございますが、浩は今果てたばかりで、鮮度が落ちていましょう。濁酒の味も、いささか薄れているかと思います。その点、こいつは、ここ数日厳重に監視をつけておりましたから、おそらくナニも十分溜り、濃度もグッと濃いかと思われます。やはり、野郎は鮮度の良い方が何かとうま味もわくと言うもので……しゃぶればしゃぶる程味が出るというのは、スルメと野郎。そう言えばこの二つ、匂いも似てますわな」

男は、自分の尻の下でじっとその重みに耐えている若者のテラテラと黒光りした尻を撫でながら、笑い声をあげた。

「違いねえ！　だが浩の奴も捨てがてえしな。そうだ！　いっそ二人共、俺に貸せよ、三巴たあシャレた思いつきだぜ、俺としても、一発かまして萎える程野暮じゃねえし、こいつらを並ばせて交互に突き上げりゃ、一度に二人の野郎を泣かせられるってもんだ、よし決めたぜ、おう！　マスター、二匹まとめて俺に預けろ。利子をたんまり、こいつらの中にぶち込んで返してやるからよ」

「わかりました。では後ほど部屋を用意致しましょう。せいぜい時間をかけて、いたぶってやって下さい。こいつらは傷めつければつける程、燃えるように飼育してありますから、どうぞ存分に……。体が破損しない程度なら、何を強いても構いませんよ、特にこっちの、豊と言うんですかね、鞭の味をみっちり肌に覚え込ませましたから、少々手荒にさいなんでも何とも感じないでしょう。派手に鞭打ってやって下さいよ」

男は加虐者の心理をうまく操り、兄貴の体に火をつけるような言葉を連ねる。

「へへえー。そうか。豊って言ったな、お前そんなに鞭の味がうめえか」

「はい」

豊かは空ろだがそれでも心のこもった返答を、野郎としてのキッパリとした口調で言った。

「そいつあ面白え」

兄貴は満足気な顔付きをして言う。

「豊は竹鞭よりも、皮の鞭がお気に入りでしてね。そうそう、鉄鋲つきのよくしなるやつが入荷していたと思いますよ、今日はこけら落としに、それで打ちすえてやって下さい」

「役者もいいし、道具もいいときちゃ、こいつあ、きばっていたぷらにゃ損てもんだな。一丁、皮が裂けて血にまみれるまで責めてみるか、どうしょうもねえほどムスコがうづいて来やがったぜ」

兄貴の鋭い目が豊のふくよかなを尻に注がれ、今にも飛びかかる様子を見ると、男は急に揉手しながら、俺の方にチラチラと凍るような視線を投げかけ言った。

「ところで、高野さん、今日の御用件をまだ伺っておりませんでした。……察するところそちらの物品に関してのことと、思われますが」

兄貴は無作法な、男の言葉にいささかムッとした表情をし、なごり惜しげに豊の尻から視線を離すと、口を開いた。

「おおそうだ、忘れるところだったぜ。マスターの察する通り、こいつのことだ。慎て言う名だ。俺が見つけ出したセックスのかたまりよ。こいつを俺好みの野郎に調教してくれ。体はこの通り一丁前の雄だが、技術が未熟でよ。俺が逐一教え込めばいいんだが、何せそれまで俺のムスコが待てねえってうずきやがる。親不孝なセガレだぜ、まったく……。この野郎の中に俺のものを突っ込むと、こいつはただがむしゃらに舐めくり回す、それが可愛いって言やあそうだが、毎回それじゃ飽きがくるって訳よ。それに一日一回程度ではとうてい辛抱できねえよな、これだけは……。上下の口を交互に使っても、日に四五回は楽しまにゃ満足しねえし、こうなりゃ四十八手といかなくても、一週間それぞれバラエティのある方がいいに決ってる。そこでだ、俺のものを満足させる雄に、てっとり早く仕立てるにゃ、こいつあやっぱ、マスターの所に預けるしかねえって訳だ。よろしく頼むぜ。慎！　お前からもマスターにお願いしろ」

兄貴は俺の方を振り向くと、血走った目つきで、居丈高に命令する。俺はあわてて、姿勢を正すと……

「俺を兄貴好みの雄一匹に調教して下さい。よろしく、お願い致します」

……と固い動作で頭を下げた。

「ホッ！　なかなか上玉を拾われましたな。性奴の素質十分と見ましたよ。それにしても一日四五回ねっちりと野郎遊びをするとは、高野さんも強いもんだ、二十五の男盛りとは言え、毎日ともなるとそれはもう神がかり的ですな。私のように四十を越えるとそう体がもちませんよ。……しかしこの野郎なら久々に血道をあげても、案外毎日抱いてもいいような気になりますな。ちょっと拝見させてもらいますが、よろしいでしょうか」

「ああ、存分に吟味してくれ」

兄貴の手が伸び、俺のモノをむんずっと掴むと強引にそれを引っ張る。それにつられて、俺は体を不格好にくの字に曲げて、男の前に導き出された。男は立ち上がり、卑猥な笑みを浮かべながら、俺の体の検査を始める。

第五章　慎、そして謙

「なかなかいい面構えをしてますな、濃い眉といい、鋭い目つきといい、雄臭さが匂うようですよ。それにこの唇、ぽってりと厚みがあって、生まれながらに男を含むためにあるようだ」

男は明らかに情欲をもたげ始めたようだ。何故なら、兄貴の存在を忘れたかのように、次第に加虐者の本性をむき出した口調に変っていったから。

男は俺の口を開けさせると、その太い肉の厚い指を一本一本、確かめるように挿入して来る。人指し指、中指、薬指……。俺の口は縦に大きく開けられ、情容赦なくぐいぐいと侵入と後退を繰り返される。

「歯を立てるな！　喉チンコに指が届くまでぐっとこらえろ」

男の指は、やがて急速度に前進と後退を始め、その指に合わせて、俺の口は裂けんばかりにミリミリと頬を切り開げる。程なく吐気がこみ上げ、「ウェッ！　ウェッ！」と俺は何度となく吐いた。涙が目頭から滲み出て視界が赤く染まっていく。男はそれを見ると勝利者の貫禄で言った。

「泣きたいか、泣きたいなら思う存分泣いてみろ。テメエの涙は俺にカッと火をつけるぜ。だが口を噤むことは許さん！　この程度の試練に耐えられんようだと、男をほおばった時の役に立たん」

俺の喉は渇き切り、ヒリヒリと焼けるような枯渇感に襲われる。男の顔はすでに責めさいなむ喜びに赤く上気し、ギラギラと脂ぎった頬には、引攣った笑いが浮かんでいる。

「それ位いでいいだろう、マスター！　まだまだこいつの体にゃ傷めつける秘所がたくさんあらあ」

兄貴が頃合いを見はからって声を掛けるまで、男は残忍なしごきを繰り返していた。やがて男は俺の口から唾液で濡れて輝く手を引き出すと、そのままそれを俺の胸に運ぶ。

「胸のふくらみが少し足りんようだな。だがこいつは今日からしごけば、すぐに驚くばかりに盛り上って来る。じっくり鍛え上げてやるから楽しみに待ってろ」

男は両手を使って俺の乳首を抓むと、ひんまげるばかりにそれをつねり上げる。ピーンと鋭い傷みが走り、俺は思わず身を退こうとするのだが、男の爪先にはきつく力が入り、逃れようとする俺の胸を乳首ごと引き寄せた
「逃げるんじゃねえよ！　逃げても逃げきれるもんじゃない。じっと姿勢を崩さず、俺の責めを受けろ。ヘッ、カマトトぶりやがって…。本当は抓り上げられてえくせしやがってよ。テメエの顔にちゃんと書いてあらあ、『もっと強く、メタメタに潰してほしい』とさ。今度変な真似をしたら、この可愛いい乳首に針を通すぞ！　こいつあ、痛いってもんじゃない。針を通した乳首はみるみる腫(は)れあがり、ボンボンみてえにドス黒く脹れ出る。その針にロウソクの火を当てて熱してみろ、それこそ、そこら中を転げ回って悶え苦しむぜ、やってほしいか、ん？　俺は何人かの野郎をそうやってなぶったが、皆、涙も嗄れんばかりに大声を張り上げ、のたうち回り、俺に許しを請うた。だが俺はそんなことじゃ収まらねえ。奴らを鎖で磔して、ロウソクの炎で針を熱しながら、腫れ切って今にもパンと割れちまいそうな奴らのボンボンを擦(こす)ってやるのさ、ギャーと雄叫びをあげて、奴らとうとう失禁しちまいやがった。動きゃ、テメェも同じ運命だぜ。まさか縛りつけられたまま、チビリたいとは思わねえだろう。いいな、動くんじゃねえよ」

俺はツンと痺れていく乳首を、むしろ前に突き出すようにして、恭順の意を表わした。

「よしよし、それでいい」

男は、ニヤリと薄気味悪い片笑いをもらすと更に力をこめて、俺の乳首を抓りあげる。

「固くなってきたようだな、ほら気持ち良くなってきたろう。これからは男に触られる前から、

こうして乳首を勃たせる心構え、じゃねえ、肉構えでいるんだぜ、俺が毎日揉みしごいてやるから、日を経るまでもなく今の二倍には成長する。丸っこく張り出した弾力ある胸に、赤黒いデッカイ乳首、それが野郎の勲章てもんよ！」

時間の観念がなくなる程、男の気違いじみた乳首への粘着は続き、すでに俺の胸は乳首を中心に真赤に脹れていた。

「次は腋だ！　両腕を力の限り高く上げろ！」

ようやくのことで、男の興味は乳首から腋へと移行した。俺が、命ずるままに両手を掲げると、男は俺の腋毛の生え具合をしばらく観察していたが、やがて兄貴の方に顔を向けると例の調子にもどって言った。

「腋毛の茂り具合はこれで一応のところは悪くないのですが、会の規定通り一度全部除去します。ロウソクの火で炙(あぶ)ってチリチリにしてしまうのです。腋毛もモノの毛も、体毛は全て同様にね。毛を除去することで、一人前の男としての資格と誇りを剥奪し、そこからじっくりと一匹の雄に作り変える訳です。一丁前の雄の体格をそなえた野郎に毛が全然ないというアンバランスな面白味から、人によっては『すっかり抜き取ってくれ』とおっしゃる方もいますほどで……。このロウソク責めは見物ですよ、熱さを懸命にこらえる野郎の表情を見てるだけでも興奮しますぜ。すっかり焼き取ったら、後は生えてくる度に剃り上げます。成熟した雄の体になる時点までそれを繰り返し、持ち主の手元に返却される頃には、黒々とした太く強い剛毛が全身をおおっているという仕組みです。無論、雄の匂いを濃密に含ませてね……」

俺は、先程の謙の言葉を思い出していた。丁度、髭を剃れば剃るだけ濃くなるのと同じ原理なのだ。それに火で炙ってチリチリになった毛は、素直に伸びることを忘れ、ウエーブがかかったように、こんもりと形よく繁茂する訳だ。正に一石二鳥ということになる。

兄貴は無表情のまま頷くと、俺の全身をくまなく舐めるように見、そして言った。

「結構だ。マスターに全てまかせるぜ。後は煮て食おうが、焼いて食おうが、あんたの心のままにしてくれ。毛深い野郎は俺の好みだ。せいぜい剃り上げてやってくれ」

男は我が意を得たとばかりに頷くと、今度は視線を下に移した。そこには俺の分身が固くそそり立ち、これから何が起きるかも知らず、絶え間なく雄叫びをあげている。男はやにわにそれをムンズと握ると、二三度ゆっくり擦り、重さを量るように掌の上でポンポンと弾ませる。

俺のモノはその刺激を受け、天に向って一直線に伸び上り、双つの玉袋はキュッと締まってそのつけ根にピッチリと身を寄せる。その様子はあたかも、桃のシワ枯れた固い種子を突き破って、一本の雄々しい若芽が、陽の光を求めて伸びやかに空を切り裂いたようだった。

男の手は絶えず俺を玩弄し、掴み、握り、擦り、弾き、撫で、挟み込み、俺の形を矯正していく。男のしごきを受けて、息子はこれが俺のものかと思うほどに充血し、脹れ上っていた。

「さすが、高野さんだ。こいつのこの道具は申し分ありませんぜ、完全に雄そのものだ。もはや手を加える必要はどこにも見当りませんよ。こうまで育てあげるとは高野さん！　あなた、毎夜のごとくこいつをいたぶりましたね。いや、存外一日中、こいつのものを握り通しだったんじゃありませんか。いや驚いた。立沢なもんだ。これほどの一物をそなえた野郎はうちの会で飼っている野郎の中でも、ざらにゃいませんよ。いっそ拓本にでも取って額に入れて額に入れといたらどうです。『慎、二十一歳、昭和五十三年、秋捕獲』とね。部屋がパッと引き立ちますよ」

兄貴はニヤニヤしながら、男の言葉を開いていたが、その切れ間を待って口をはさんだ。

「マスター、あんたの推量は大したもんだ。こいつを俺が拾った日から、そうさな三日間というもの、俺はこいつを浴室の柱に括りつけ、こね回し、締めつけ、それこそ片時も離きず握り続けていたぜ。俺の手と口からこいつのチンポが開放されるのは、食事の時とトイレの時ぐれえかな。無論俺のだぜ。こいつは縛られたまま、食い物を口に押し込められ出すもんは垂れ流しよ、後で水をぶっかけりゃいいんだものな。俺が席を空ける時にゃ、俺はこいつのチンポに掃除機の吸い込み棒を当てがい、スイッチを入れていた訳だ。ブオーッとデケェ音をたててよ。ムスコがその吸込口でブルブルと震わされ、こいつは機械に犯されてすすり声をあげてたぜ。電動のそういう道具があることは俺だって知ってるが、俺は、そんなもん使うのは気に食わねえ。そこら辺にあるもんを使って野郎を犯す楽しみてえのは、格別だぜ。大体、機械自体がこんなことに使用されるように出来てねえから、いろんな所に無理が生じる。それが全てこいつのものに負担となってかかるから、たまらねえ責め苦になるのよ、マスターも一度試してみろよ。泣き顔になって呻く野郎の顔は、何とも言えねえ迫力があるぜ」

「なるほど、掃除機の吸い込み棒とは考えましたね。あれは丁度雄の大きさにぴったりだ。ところで、こいつのこの固さは何で鍛えました。やはりそれ相当の秘事があるのでしょうな。いくらぶっとくともフニャフニャじゃしょうがない。こいつのを握っているとスリコギか何かを握っているような錯覚におちいりますぜ。後学の為にも一つ是非教授願えませんかね」

男の手に力が入り、握り潰されるのではないかと思う程に、俺のものは男の掌の中で喘いだ。

「何、大したことじゃやねえさ。テーブルの上にこいつのものを載せてよ、ビール瓶で力まかせにぶっ叩くのよ、ほら、キックボクシングのボクサーが脛を強化するためにやってるだろう。その方式を借用したにすぎないんだぜ、初めのうちは、こいつ涙をボロボロ流して『痛テェ痛テェ、止めてくれ！』とか何とか哀願していたが、俺は構わず叩きに叩きあげた。ところが面白えもんで、そのうち腰をブルブル震わせてよがり出すじゃねえか。その頃にゃ、こいつのムスコもピンとおっ勃ち、ほとばしりを垂らし出した次第さ。今じゃ毎晩『アレやってくれよ』と逆に切望しやがるようになった訳よ。まったく、可愛いもんだぜ」

男は感心したような風情で、何度も合いづちを打っていたが、再び俺に向って命令した。

「今度は後ろだ、そこに跪け！　後ろを俺によく見えるように突きあげてみろ」

俺は、今までの男の強烈なしごきで全身くたくたになり、その命令を待ちかまえていたように身を屈した。もはや立っていることに耐えられなかったのである。男はテーブルになっていた若者の尻を蹴り上げると、怒気を含んだがなり声でどなった。

「何をいつまでやってるんだ、テメエの役目に、居心地良く体を休めてるなんざあもってのほかだ。さっさと、挿入棒を持ってこねえか！」

若者は怯えたうさぎのようにビクッと体を震わせると、すばやく立ち上り、脱兎のごとくと言う表現がぴったりする動作で、部屋の外に駆け出て行った。男はそれを見届けると俺の尻に向かって膝をつき、双の丘を開くように押し広げる。

「ケツの丘のミゾの興奮具合も申し分ない。まるで水密桃のようなしっぽり濡れた吸着力があるぜ、この部分がカサカサに乾いているような奴は、野郎としては値が下がる」

男の太い指は、俺の尻の谷間に沿って次第に下降していく。こそばゆい痛痒感が広がり、俺は双丘を小刻みに揺する。今や男の指は、俺の後ろの辺りをたゆたい、じわじわと力を入れてくる。俺の後部が、その圧力に果敢な抵抗をすると、さも満足したようにフッと息を漏らし、言った。

「元気のいい野郎だな。俺の指を押し返すなんざあ見上げたものよ。この分じゃ、さぞ締め付け具合も良いだろうな。男泣かせたあ、テメエみたいなケツを言うんだぜ。その抵抗が強けれぱ強いほど、男は燃え、野郎を犯す喜びも増加するってもんだ。締まりのいいケツは、男の征服欲を刺激するからな」

男はもう一方の手で、俺のその部分をゆっくりと撫で上げながら、俺が快感に酔ってそれをヒクつかせるまで導いていく。

その時扉が再び開き、豊が息せき切って跳び込んで来た。手には数本の透明な筒状のガラスを持って……。男は豊からそれを受け取ると、俺のピリピリと喘ぎを見せているその部分に当てる。

「まず、三号から試してみるか」

男の声が見えない位置から聞こえると、突然、俺は冷たい感触を味わった。何と、それはガラスの筒ではなく、固く凍らせた氷だったのである。

氷柱はぐいぐいと俺の後ろを押し分けてくる。二三度滑りながらも、やがてそれはじわりじわりと俺の内への進行を始めた。ジーンと冷たい異物は、俺の後ろを無理やりこじ開けると、あとはゆっくりと数センチ単位で俺の暗い襞をさ迷っていく。そのあたりから次第に冷凍されていく俺の内口に反比例して、俺の体はカッと炎に包まれ、ドッと汗が滲み出て、滴り流れる。

「三号は十分食わえ込めるな、この大きさだと二号でも大丈夫だろう。いきなり一号にとばすか。おい、野郎！　こいつあ、ちいとぶっといぜ、今のが小銃とすれば、今度は火筒だ。テメエのケツの穴が裂けるかも知れんが入れてほしいか」

男はスッと俺の体内に注入されていた氷柱を抜き取ると、新たに更に太い氷柱をあてがい、俺の後ろをそれで撫でてあげながら言った。俺は「はい」と返答する。

「よし、今、ぶっ込んでやる。こいつあ相当ごっついぜ、だが高野さんの一物を咥えてきたテメエだ。この程度は、耐えられるだろう」

兄貴の笑い声が高らかにあたりを威圧し、それを合図に、男は強引にその氷柱を押し込んで来る。すでに一本目を受け入れて、俺の後ろには路がついているとはいえ、やはり激しい痛みと共に、上下左右に限界以上に形をゆがめ突き上げて、氷柱は侵入してくる。俺の体は無意識のうちに前にのめり、背筋がピンと張っていく。ミリミリと音をたてて、俺の後ろはそれに刺し貫かれ、いつか俺は体内深く冷気を感じた。

「ムムッ！　アッ！　ああ、うっ」

俺のしっかりと合わさった歯の透き間から、声にもならぬうめきが漏れる。

男は、氷柱がみっちりと俺に込められたことを確かめると、わずかに頭をのぞかせている最後尾に人差し指を当て、勢いよく押し入れてきた。

たわめられていた俺の後ろは、それをなめらかなうずきと共に全て受け入れると、再び何ごともなかったかのように、その口をぴたりと閉じた。今や、あの一号と呼ばれた大筒は、俺の体の奥深くその位置を占め、体の一部となったのだ。それはひどく感動的な一瞬だった。自分の尻を刺し貫かれて、感動的でもないものだが、一つの大事業を成し終えたという満足感がそこに通じるのかもしれない。フッと周囲からどよめきにも似た溜息が漏れ、各々が俺の尻に全神経を集中させていた緊張からの解放を伝える。
「どうだ、たまらねえだろう、テメェの体の芯で、熱気に溶かされて、一たまりの水になるまで、じっくりと冷たい感触を味わうんだな。本物の男が挿入されるってのはこんなもんじゃないぃ。その時はカッと灼熱した雄が、テメエのケツを焦すんだ。こいつは熱いぜえ、だが焼け爛れるような快感が又テメエをボロボロにしちまう。……こいつは本来、夏のしごきに使う道具なんだが、あんまり格好のいいケツをしてるもんだからオマケだ。特別にテメエには味あわせてやったんだ。明日から、朝、昼、晩と咥え込め」

男はポンと俺の尻を叩くと、検身の終了を宣した。だが検身の終了の宣言はすなわち、俺の『野郎』への辛く険しい出発の宣言でもあったのだ。

その時、俺は廊下を揺るがして近付いて来る足音を聞いた。頭を角刈りにした、見るからに雄の精気を全身から発散している男が、扉の外に姿を現わすと、マスターは促すように頷く。男は兄貴に一礼すると音もなくマスターに近付き、その耳に顔を寄せ何かを囁く。ムッと息のつまるような雄の匂いが、熱風となって俺の鼻を横切る。俺はクラクラと目眩を感じ、吸い込まれそうな雄の深淵を垣間見た気がした。
「高野さん、あなた、良い時にお出でになった。今、強烈な責め場をご覧に入れますよ、ここでの野郎調教がどんなにすさまじいものか、そしてどれ程興奮させるものか、とっくりと観賞していって下さい。実はうちの野郎の一人が、許可なく雄の奮起をあげたらしいのです。謙と言う野郎ですがね。今後の見せしめの意味で、この男が、冷酷な責め方で今なぶりさいなむ所を披露致します」

謙が、俺は耳を疑った、あの謙が、俺の愛撫に鼻口をひくつかせ、めくるめく雄の命をしたたかに俺の体に降り注いだあの謙が捕えられたのだ。しかもその理由が……俺は一瞬のうちに目の中に、責めさいなまれ、苦痛に顔を歪めた謙の姿が浮かんだ。

「ちょっと待ってくれ、マスター」

茫然と我を忘れてうずくまっていた俺の耳に、兄貴の声が響いた。

「その謙て野郎に関して、いささか付け加えて置きたいことがある。そいつが雄の気を吐くところを俺は見ていたぜ。奴は一人で自分の精気を導いたんじゃねえ。ここにいるこの慎が、奴のムスコをこねあげてやったんだ。謙一人をいたぶるってえのは片手落ちよ。ついでだ、慎も一緒になぐさみものにしてやってくれ。野郎をさいなむにゃ、一人より二人の方が、見物している俺も二倍に興奮出来るって訳よ、その後で浩と豊を抱くにつけても、俺のおっ立ち方も違ってくらあ。慎！　立ちやがれ、立ってお前の胸から腹にかけて一体何がくっついて、そんなにテラテラ輝いているのか、じっくり証拠をお見せするんだよ。お前がもったいなさそうに擦りつけていやがった謙のドブロクをよ」

二人の男の視線がサッと動き、力なく立ちつくす俺の体の上を這い回る。すでに俺の肌に薄皮のように密着した謙の透明な広がりが来たるべき処刑の時を、激しく波打って伝えていた。

第六章　回想・I

「おい慎！　お前、夏はどうするんだ」

　一汗かいた後、錆が浮いた古ロッカーに向かって、ユニフォームを脱いでいた俺の背中越しに、高野先輩の声がした。先輩と言っても、既に社会人として日頃は会社勤務の身上である。後輩育成の為、こうして日曜ごとに母校を訪れ、我々に稽古をつけてくれているのだ。皆に「兄貴！兄貴！」と慕われるだけあって、しごきはきついが、サッパリとした男っぽい性格は、皆の尊敬の的である
「エエ、ああ、夏休みすか、国に帰る金もないし、俺、何かアルバイト捜して、食いつなぐつもりっす」

　運動部特有の口調でそう答えると、俺は汗でぐっしょり濡れたユニフォームで、額から流れ落ちる汗を一拭きする。

「お前は居残りか。でっ、アルバイトはもう見つかったのか」

「まだすよ。部の練習がこう激しくちゃ、とてもアルバイト捜してる暇なんかないす。兄貴、何かいいのあるんすか」

　拭けども拭けども滴る汗が目に染み、俺は力まかせに頭を振る。短く刈り上げた髪に粒となって光っていた汗の玉が、周囲に飛び散った。

「まあな、あるにゃあるんだが……おい、そんなに汗を飛ばすな。顔に掛かるじゃねえかい」

口調はきびしいが、決して心底咎めている顔ではないことを見てとると、俺は調子に乗って言った。

「いいじゃないすか。『男の汗、俺は好きだ』って言ってたじゃないすか。俺の汗、兄貴は嫌いすか、それよりアルバイト、どうなってるんす」

「ちょっときつい仕事なんだが……おお、慎よ！　お前、汗だけじゃなく、匂いも相当なもんだな。だが、俺はお前の体臭、好きだぜ、雄が躍動してるって感じでよ」

俺は一瞬、心に疼きを覚えた。だが構わず
「肉体労働すか。俺、体にゃ自信あるんすよ。まあ人に誇れるのは、若さと肉体だけっすが！

土方でも何でもドンと来いってなもんすよ」

「土方とはちいと違うんだが、まあ肉体労働てのは当たってるな」

兄貴は曖昧な笑顔でそう言うと、俺の思考を押し量るように、じっと俺の顔に視線を据え、一言一言区切るように言葉を続けた。

「どうだ、やってみねえか。実はある奴から頼まれてるんだが、条件がなかなかきびしくてよ」

この「ある奴」と言うのが、つまりは兄貴自身だと気付くのは、かなり後になってのことだったが……

「どんな条件なんすか」

若い男にとって「選ばれる」と言うことは誰であってもひどく魅力ある吸引力となるものだが、

その時の俺も御多分にもれず、兄貴の巧みな話術に、知らず知らず乗せられていたのだ。

「そいつが言うにゃ、まず体がいい奴、無論マスクも含めて……、その基準をどこに置くかこいつぁ難しいが、お前はキリッと引き締った可愛い顔つきをしてやがる。それにこの体格……、まぁ俺に言わせれば、この点は何なくパスってところだな」

そう言いながら、兄貴の手は、俺のぬるぬるとした体を、肩口から、柔らかく盛り上った胸、そして筋肉が波打っている腹へと、舐めるようにその起伏へと辿っていく。運動部に籍を置く者にとって、一度や二度は体を触られ『いい体だ』と言われないことはない。それがまた若さの誇りにも通じるものなのだが兄貴の、俺への執着はいささか異常だった。俺はそのむず痒さに体をくねらせ、兄貴の手から何とか逃れようとした。

「いいじゃねえか、減るもんでもあるめえ。俺はよお、お前みてえなディヒニッションのいい体を見てると、つい触ってみたくなるのよ。本当にいい体してやがるぜ、吹き出る汗に染まった男の肌ってえ奴は、どうしてこう掌に吸い付くような……、それでいて張り詰めた肉の弾力といい、まあそう逃げるなよ、周囲に誰もいやしねえよ。恥ずかしがることはねえさ」

ハッと気付けば、部の連中は既に着替えを終え、一人二人と部室から姿を消し、今や部室の中には兄貴と俺の、二人し残っていなかったのだ。

「慎！　お前位の体をしている奴の気持ちが、俺にはわからねえとでも言うのか。知ってるぜ、俺だってそういう年頃があったさ。何となく他人に自分の裸を見られるのが気恥ずかしい。それでも心の奥じゃ、自分の若々しく充実した肉の鎧を見つめ、触ってもらいてえという欲望がメラメラと燃え逆巻いているのをよ」

俺はドキリとした。まったく兄貴の言う通りなのだ。俺が毎日、それこそなけなしの金を払って銭湯に通いつめ、湯舟に浸かっている時間よりも、鏡の前であれこれポーズを作って、大きな姿見に映った湯上りの桜色に色づいた体を飽くことなく眺めている時間の方がずっと長いと言うことを……。

「アンチャン、いい体してるなあ、やっぱり若いって言うのはいいねえ」

声を掛ける鑑賞者の感嘆する溜息を待ち望んでいると言うことを……。

「俺はよ、どうしようもなく燃えてくると、トレーニングが終わった後で後輩を二三人居残らせた。机の上に大の字になって俺は寝ころぶ。勿論、素っ裸でよ。『一丁やってくれ』と俺が命じると、奴ら思い思いの場所に顔を埋め、俺の汗まみれの体を舐めるって寸法よ。たまんねえ程いい気持ちだったぜ。一番上手く舐めた奴にゃ、褒美をやる。俺のマラをしゃぶらせてやるのさ。奴ら、俺のマラをしゃぶりたい一心で、顔を真っ赤にして舌を使いやがる」

俺の顔はポッと火の点いたように紅く染まり、体は、兄貴の執拗なアタックに対する防御を忘れた。

「どうでえ図星だろう。お前も触ってほしいんだろう。俺の言ったことを認めるなら、あっさり降参しちめえな。嫌だなんて言わせねえぜ。それが証拠にゃ、慎！　お前の息子、こんなにいきり起って、サポーターを濡らしてるじゃねえか」

俺が怯んだ隙を捕らえて、待ってましたとばかりに兄貴の双の手は、俺のサポーターに手を掛け強引にそれを引きずり落とそうとする。

「アッ！」

瞬時、我に返った俺は兄貴の手を払いのけ、身を翻しシャワー室に飛び込んだ。兄貴の手は、その突然の抵抗になす術を失い空しく宙を泳いだ。

半ばずり下げられたサポーターからは、何に興奮しているのか、ピクピクと熱い息吹を吐いて俺のサオが、ゴムのきつさを物ともせずに、形を歪めながらもむき出ていた。

第七章　回想・Ⅱ

「チェ！」と軽い舌打ちをして、兄貴はそれ以上深追いはよそうと思ったのかどうか、逃げていく俺の体にタックルを食らわすことはせず、落ち着き払った足取りで俺の後ろからシャワー室に入って来た。

シャワー室に自信ありげな笑みを浮かべて、のっしりと入ってくる兄貴の姿が視界に入るや否や、俺はビニールカーテンを引いて、シャワーのコックをひねろうとした。

「おうおう、慎！　お前、サポーターを穿いたままシャワーを浴びるつもりかよ。シャワー位、ゆっくりと浴びるもんだぜ。カーテンを開けるのが嫌なら、それでもいいさ。脱ぎ捨てて、上から放れよ。俺が受け取ってやるぜ」

兄貴の打って変ったような、淡々とした口調に絆(ほだ)されてか、「一体、何やってるんだ」という気持ちが俺の心を捕え、そうなると今しがたのことなどケロリと忘れ、俺は視線をサポーターに注いだ。

すでに萎えて、使い古したサポーターの中に、量感豊かにうずくまっている俺の息子は無数の細かい皺を作って赤むけた先端をトロンと覗かせている。その何とも愛らしい様子に、我ながらおかしく、俺の緊張は解れ明るくなっていった。

「兄貴、じゃあ投げますから、受け取って下さいよ。使い古したとは言え、男の大事な如意棒を包んでいたもんだ。受けそこねたら承知しないすよ」

「よし、合点だ」

俺はすばやく、汗で濡れ、重たくなったサポーターを両足から抜き取る。濡れて一層きつく縮まったサポーターは、俺の肉をキチキチと締めつけてくる。まるで息子の皮を剥いているみたいな奇妙な錯角が俺をとらえる。ようやく脱ぎ終えると、俺は天井とカーテンの合い間めがけて、それを放り出した。

「来たな、へヘッ、うまくサポーターは受け取ったぜ。安心しろよ。お前の肌の温りがまだ残ってるとくらあ、俺は感激だぜ」

兄貴はそう言うと、ニュースの解説者を真似た口ぶりで更に続けた。

「えー、本日は、珍妙な物体が空から飛来したという話題をお送りします。この物体は布製の非常に小さい代物で、何やらひどく湿り気を帯びている模様です」

俺はシャワーのコックをひねり、頭上から降り注ぐ冷たい水の刺激を身に受けながら、このふざけた解説に耳をそばだてていた。

「ザラザラとした表面は薄茶色く色付き、三つの穴のうち、小さな二つの穴の輪郭に沿って、その部分は特に、言ってみますれば、ドス黒くとでも申しましょうか、異様な色合いを見せています」

男は羞恥心の動物だ、と言う言葉がある。俺は兄貴にサポーターを手渡したことを後悔していた。俺のマラを包んでいたこの小さな布切れが、俺の全てを垣間見せるとは、全然予期せぬことだったのだ。後日考えてみれば、それが兄貴の手だったのだが、その時の俺は何気なくつい兄貴の言葉のままに従っただけなのである。一枚の薄汚れた布きれが、裸を見られるよりも恥ずかしい経験を、今俺に強制している。だが不思議にも、俺のサオはその羞恥を喜ぶかのように頭をもたげ、太く固く充実していった。

「その小さな二つの穴に挟まれた部分にカメラを移動させてみましょう。何でしょうか。この部分だけ、黄色くかすかに色を変え処々にゴワゴワする、丁度ノリを固めたようなしこりがあります。円筒型に張り出した、その弛みの頂点付近は、特別かたく、張りぼてのようなはっきりとした型を形成しています」

「……おい慎よお！　お前、今日、漏らしちまったのか、雄の粘液を……」

再びいつもの口調で、兄貴は俺の最も痛い処を突いて来た。俺の脳天にはカッと血が逆流する。

我等のレスリング部では、試合前に通常手を使ってしごきあげ、雄の粘液を処理して置くことが建て前になっている。部員は、それをすると体が軽くなったような感じで、新たな活力が湧き出て来るのだ。だが練習の時にいちいち雄を抜いていては、いくら若いと言っても体が保たない。かえって体力の消耗を早めるばかりである。その上、練習と言えども、肉のぶつかり合い、せめぎ合いは試合の時とほとんど変りがないときている。当然、或る種の刺激を受ければ、若い野郎に共通の忍耐のなさですさまじい膨張が起きるわけだ。レスリングの最中に発情することは思わぬ怪我をする恐れがある。側にいる審判が、それと認めると絡み合っている二人を引き離し、一息、入れさせることになっているのだが……。

「あっ、兄貴!」

俺はせつない嘆願をするが、兄貴は一向構わず、俺の弱点めがけて、じわりじわりといたぶって来る。

「偉れえもんだ。さっきの練習試合じゃ、お前、相手を組み伏せたじゃないか。あの時、もうすでにしたたたらせて居たんだな。慎! 気持ち良かったか……。何を黙り込んでいるんだ。俺は気持ち良かったかと聞いてるんだぜ、返答しろ、返答を……」

急な命令口調に、下級生の弱みで、俺はつい口を開いてしまう。

「はっ、はい!」

「そうだろうな。だが一発ぐれえで空になる程不甲斐ねえタンクじゃあるめえ。まだまだ、たっぷり詰まってるだろう、えっどうなんだ、慎!」

「はい、まだ残ってると思うす」

「と言うことはだ、もっともっと気持ちのいい思いがしたいってことだな」

エッ! 俺は一瞬口ごもった。実に鮮やかと言うしかない。絶妙な言葉のすり換えがそこにあるのだ。

シャワーの、激しく体を打って流れ落ちる音だけが、その沈黙をつないでいた。

「いつまで浴びてるつもりなんだ、慎! 早く出て来いよ、いい気持になりてえんだろう!」

シャッと、きしんだ音をたてて、いきなりビニールカーテンが開けられた。兄貴の残忍な顔が、薄気味悪いほど静かな微笑みを浮かべてそこにあった。いつの間にか、兄貴はトレーナーを脱ぎ、ビキニのブリーフ一枚になっている。もはや青年の危い甘さは微塵もなく、完成された成熟した雄の体は、何処を突いても鬱陶しいばかりの肉のしこりが厚く層を成している。並べても、体の割りにあまりに小さい布におおわれた部分は、洋なしを挟み込んだような盛り上りを見せ、臍に向って一直線に黒光りする巻毛を伸ばしていた。

「シャワーはもういらねえや、邪魔でしょうがない」

兄貴は濡れるのも構わず、ツカツカとシャワー室に入って来ると、壁の側面に丸く突き出たコックを締める。水飛沫をあげていた激流が次第に細まり、やがてポタポタと滴を垂れるばかりになった。呆然とたたずむ俺の肌の脂が、水玉を弾きツルツルとこそばゆい流れをしたたらせていく。

「慎よ、可愛いい奴」

俺の耳たぶに熱い吐息を吹きながら、兄貴は押し殺した声で俺を抱く。ガシッと音をたてて二人が一つになり、俺の背中に回した兄貴の腕がミリミリと、俺の肉を締めつけてくる。二人の雄根は密着した肉の間で、揺らめき絡み合い、尚もこだわるような固さで揉みしだかれる。こんな気持ちは初めてだった。体の芯からフツフツと燃えるような激情が、俺の体を駆けめぐり、胸がキュッと締めつけられる。

兄貴の舌が俺の首筋を這い、その度に俺は喉を鳴らし、「アアッ！」とせつない嘆息を漏らす。その声は、兄貴の喘ぎ声と重なり、灰色のシャワー室に木霊する。

「あっ兄貴、好きだ。好きだよお！　もっと、ウッ。もっときつく激しく……アアッ」

「どうだ、慎！　たまんねえ、アア、畜生もう離しゃしねえぞ。この唇も、この胸も、お前の息子も、全部俺のもんだ。アッ、いい」

「好きだ。兄貴。アア、男臭せえ、男臭せえよお。俺、俺、ウッ、兄貴の為なら、何でもする、この匂い、男臭せえ」

その時、兄貴は急に愛撫を止め、俺の顔をまじまじと見つめた。だが俺はそれに気付く余裕もなく、乾いた唇に舌を這わし、感覚のなくなった体を兄貴にまかせたまま陶酔の極地をさまよっていた。

第八章　回想・Ⅲ

「慎、ほんとうに、俺の為なら何でもやるか」

兄貴の声が遠くの方からかすかに俺の耳に響く。俺は、兄貴のその真剣な語調に気付くこともなく、体を小刻みにふるわせながら、グリグリと息子を兄貴のそれに押しつけていた。

「アアッ！　兄貴よお、何でも、何でもするって……ウッ、だから、早く、早く、爆発させてくれよお」

突然、俺は頬に熱い打撃を受けた。

「あっ、兄貴」

俺は驚きといぶかしさにハッとし、確かめるようにおずおず兄貴を見た。兄貴が何故突然。俺を殴るのか理由がわからなかったのだ。

「甘ったれるんじゃねえよ。獣の分際で、一人前の面しやがって」

「獣？」

　俺はいぶかしげに言うと、兄貴の次の言葉を待った。

「そうよ、獣よ、お前今言ったばかりじゃないか。俺の為なら何でもやるって……。お前は獣だ。俺は今日、お前を獣としていたぶってやる。そら、そこに四つん這いになれ。二本足で立ってるなんざ、人間様じゃねえか」

　兄貴は俺の首根っ子を掴むとぐいぐいと力を込めて、俺を床に押しつける。俺にその力のまま、身を床に屈した。

「そうだ、そうこなくちゃ面白くねえや、ほら、うめえぞ、舐めろ」

　兄貴はそう言うと、腰を前に突き出し、俺を見下すように、冷やかに待つ。俺の顔前には、もっこり膨らんだサポーターが、まるで俺を嘲笑するかのように、威圧していた。

「どうした、顔を埋めて舐めろよ。うめえぞ。一週間穿きっ放しに穿いた奴だ。雄の煮汁がたっぷり染み込んでるぜ、おまけに俺の匂いがこびりついているとくらあ。ほら、舌出して舐めるんだよ」

　俺のためらいを察したのか、兄貴はカーテンを引き、俺に向ってにじり寄って来る。四方をふさがれ、退路は厚いコンクリートの壁である。もはや、俺の成すべきことは一つとなった。俺は頭を伸ばし、兄貴の股間に顔を近付ける。一週間穿き続けただけあって、それは薄黄色く汚れ、わけても、息子の部分はうす黒く変色していた。それにこの臭い。頭がボーッとする程、生暖かい雄の臭気がこもっている。鼻をつまむ訳にもいかず、吐き気を懸命に堪(こら)えながら俺はそのすえた臭いを発散する布袋に口を這わせた。

「いいぞ、その調子だ。どうだ旨めえだろう、うめえならワンと吠えろよ」

俺の舌はペロペロと兄貴の股間をさまよっているのだから、ワンと吠えることなど出来やしない。それを知っていて、兄貴は俺をいたぶるのだ。

「おう、どうした、吠えねえのか。うまくねえって言うんだな。そうか。よし、じゃもっとうまくしてやるぜ」

兄貴は俺の頭に両手を掛け、ぐいぐいと股間に押しつけ、逃げられないことを確かめると「いくぜ」と一言かける。ザラザラした布の中で、兄貴の息子はグッとせり上り、ビクッと身震いする。その時、俺は鼻を刺激するアンモニアの臭いを感じた。ピューと音をたてて、黄色く生暖かい水が兄貴のマラの先っぽのあたりから勢いよくほとばしり、たちまちブリーフを黄に染めて広がっていく。濡れたブリーフは兄貴の股間にぴっちりとくい込みそれをすかして、いきり起った兄貴のサオの形が、目の前で序々に浮き出てくるのだ。息子の裏側、もちろん俺から見れば表になるのだが、そこに一筋太い盛り上りが浮き上り、ピクピクと絶えず樹液を送り続けているのがわかる。布から樹液はにじみ出て、やがて、押しつけられている俺の顔をも、生臭い液で濡らしていく。強烈な刺激が俺の舌を刺し、生温かいが故に、余計きつい匂いが、俺を悩殺するのだ。

前袋一杯に溜まった黄水は、行き場を失い、兄貴のはみ出た剛毛を伝ってタラリタラリと太股を流れていく。

「これで一段と味も良くなったろう。舐めるのが疎(おろそ)かになってるぞ」

それは苛酷な作業だった。だがそれが甘美な陶酔を俺に感じさせる頃には、俺はすでにチューチューと音をたて、ブリーフに染み込んだ黄水をすすり上げていた。そんな自分に驚いた。

「よし、そこまでだ。お前ばかり楽しんでいちゃつまらねえ」

俺は未練気に顔をあげると、兄貴は俺の顎に片手をかけ、グイと自分の方に向かせる。

「いい顔になったぜ、小便をたっぷりつけやがってよ」

第九章　回想・Ⅳ

兄貴は、自分のブリーフに手を掛けると、おもむろにそれを脱ぎ始めた。きつく縮まったブリーフは、兄貴の怒り狂った雄を無情に歪め、キュキュとひきつった声で呻く。染み込んだ黄水が絞られて玉となって滴り落ちる。ようやくのことで難所を抜けると、今や生身の砲身はいよいよ高らかに、俺の前にそびえ立っていた。密林の中に建立されたインドの仏塔のように、それは少しかしぎながらも、威風堂々とそこにあった。

クルクルとまるめるように兄貴はブリーフをずり下げて、やがて一本一本両足をあげてそれを抜き取る。四つん這いになっている俺の下方からの視線は、兄貴が足をあげる度にあらわに後の裂け目を提示する。毛深い体質の為なのか、うっそうと繁った密林に隠されて、しかとその口を見定めることは出来なかったが……。

兄貴は脱いだブリーフを顔にもって行くと鼻を近付け、クンクンと臭いをかぐ。

「うっ、臭せえ、何でえこの臭いは、鼻がひんまがりそうだぜ、一週間穿きつめたんだからな。当然だと言やあそうだが……。しかし、慎！　お前、うまそうに舐めてたな。そんなにうまかったか」

俺は黙って頷く。男臭い兄貴！　その男臭さを煮つめたブリーフだ。不味いはずがない。

「嬉しいこと言ってくれるじゃねえか。それじゃ、こいつはお前にやろう。毎晩食わえて寝ろ。……ちょっと待った。そうだ、いい考えがある」

兄貴は俺の頬にそのブリーフを軽くたたきつけながら一人言をつぶやく。ビシャビシャと音をたてて、黄色く濡れたブリーフは、俺の頬に小気味良い飛沫をあげる。

「慎！　こいつを穿け。穿いてクソたれろ」

まったく酷なことを考えるものだ。俺の大便をまるめたブリーフを俺にほおばらせるつもりなのだ。俺の思惑など構わぬ風情で、兄貴は俺の側らにしゃがむと俺の足を一本ずつあげさせた。すかさずブリーフの穴に通す。

「いい格好だぜ、犬っころみてえによ。お前も相当なエロ野郎だな。へヘッ。ピンピンにおっ起ってるじゃねえか」

冷たく肌にまとわりつくブリーフは、やがてその位置に収まり、べっとりと俺の肌を締めつける。その感触に促され、俺の雄は更にいきり起っていく。ぴちっと肉に食い込んだ布、それも兄貴の体臭と体液にひたされた布、それが今、俺の肌となったのだ。全てが収まると、兄貴は俺の尻をピシャリと叩き、言った。

「ほら、ふんばれ、四つん這いでクソをたれるなんざあ、何時でも出来るってもんじゃないぞ。

力めよ。力んで力んで、早く出しちまえ」

情け容赦ない激励が飛び、俺は覚悟を決めていきばる。体がカッと熱くなり、見る間に肌がピンクに染まっていく。……だが、あれだけはそうたやすく出るものじゃない。

「兄貴、駄目だよ。俺、あんまり気張ると前の方からチビッちまうよ」

「しょうがねえな、よし、俺が出しやすくしてやる」

兄貴はそう言うと、俺の肌となったブリーフに手をかけ、尻がすっかり顕(あら)わになるまで、ずり下げる。前はそのままなので、無理に引っ張られたブリーフは、俺のいきり起ったサオを強力に締め上げて来る。すさまじい緊迫感がその一点に集中し、ごつい隆起をきわだたせることになった。兄貴は俺の尻の辺りを探り、やがて位置を確かめると、筋くれだった武骨な指を押し入れた。

「アッ」と声をたてる間もなく、俺の体は前につんのめり、熱い刺激が俺を一直線に貫いた。

「動くなよ」

兄貴の他人事のような呑気な声がする。だが太い人指し指は中指と合わさって、俺の後を裂いていく。体中に何か得体の知れない含有感が満ちていき、ジリジリと二本の指の侵入と共に、一度萎えた息子が再び勢いを盛り返し始めた。

指の付け根まで進入したことを認めると兄貴はゆっくりとそれを動かす。モウモウと熱気が立ち昇り、俺の額は、いや全身からは玉のように脂汗が吹き出て、狭いシャワーボックスは密閉されたまま、濃い酒粕のような雄の匂いで充満していった。

数分の後、俺は再び、濡れたブリーフを身につけて、懸命に力んでいた。兄貴のつけてくれた路を通って秘口からもれるのは、放屁ばかりで、乾いた音はおどけたように俺をあざ笑う。

「畜生！　まだ出ねえのか。屁ばかり溜め込みやがって、臭せえ、これじゃ中毒になっちまう。もういい、クソは許してやる。そのかわり、ションベンなら出るだろう。ションベンたれろ」

　兄貴はいさきかうんざりした様子でそう言うと、俺を立ち上らせ、こんもりと盛り上った股間を見つめた。手を添えずに小便を出すという行為は、俺を何となく落着かせない。両手の置き場が見つからないのである。かと言ってブラブラさせて置くのは尚更、そわそわする。仕方なく、俺は両手を背に持って行き、丁度「休め」の姿勢のように組み合わせ、ようやく神経を息子に集中することが出来た。

　さんざん力んだ為か、黄水は思ったより容易に込み上げて来、すぐにグビッグビッと放水を開始した。冷たく肌に密着していたブリーフが、再び生暖かな水気を帯び、またたく間に袋一杯に溜まり、ツツーと俺の太股を伝わり流れていく。このブリーフを口にほおばらねばならないとわかっていながらも、一度放尿し始めると、途中で止めることも出来ず俺はほとんど自暴的に、とめどなく漏らし続けた。お漏らしがこんなに快感を喚(よ)ぶとは、思ってても見ないことだった。ブリーフを穿いたまま、俺は次第に口もとがゆるんでくるのに気付いた。

「どうだ、たまらねえだろう。ブリーフを穿いたまま小便するってのは。一度この味を覚えると癖になってしようがねえよ。俺もずい分やったっけ。黄色く染まったブリーフを洗っちまうのが惜しくてよ、漏らしては、そのまま物干しで乾かし、乾かしては漏らして。お前も、今にそうなるぜ、おい、もう全部、絞り出したのか……」

　俺はうなずく。すると兄貴は、俺の前袋に手をさしのべ、むんずとブリーフごと俺のマラをわし掴(づか)みにした。まるで最後の一滴をも絞り取るように……「ウウッ」俺は思わず声をあげる。

「たんまり、漏らしやがって、よし慎、脱げ！」

俺は言われるままに、ブリーフを引き下ろしていく。

キュキュと音も快よく、やがて足の安定を取りながらあげては、穴から抜き出し生暖かい湯気をたてているブリーフは今や、俺の両手の中に、きつい臭気を発してあった。

「そいつを口にほおばれ」

「あっ、兄貴、それだけは勘弁……」

俺の言葉が終わらぬうちに、兄貴は「野郎！」と怒鳴り、やにわに俺の手からブリーフを引ったくり、俺の顔にピシャと音も高らかに投げつけた。黄色い飛沫が顔全体にかかり、「アッ」と声をあげたその口の開きをとらえて、兄貴の乱暴な手と共にブリーフが飛び込んで来た。俺は目を見開いたまま口を閉じることも忘れて、グイグイと押し込められていくブリーフを兄貴のなすがままに預けていた。俺がハッとして口を閉じた時には、既に口中一杯に、きつい刺激臭と共に兄貴のブリーフは詰め込まれていたのだ。

第十章　回想・V

不可解な格好だった。ひんやりと肌の固い支えとなって、俺の背の下にシャワー室の灰色のコンクリートがある。俺はその冷たい床の上に仰向けに寝転ばされて、両の足を斜め上に捧げていた。

先程来の、俺にとっては生まれて初めての破壊的な経験が全身からひどく力を奪い、俺はあくまでひんやりと肌に当る灰色の寝床に横たわって、重たく沈殿した体を晒(さら)している。俺は瞼を閉じ、もはやどうにでもしてくれと言うような自棄的な姿態を、兄貴に向かって見せているのだ。

兄貴は、俺の両足を一つに合わせると、それを高く持ちあげる。上に引っ張られる力に比例し、俺の下半身は兄貴の顔前に、無防備なその部分をあますところなく曝け出していく。兄貴は、まるでトローリングの獲物を誇らし気に手にした男のようだ……そして俺と言えば、獲物の中でも最大級のカジキマグロなのだ。

突然、俺は秘口の辺りに生暖かいザラつきを感じた。全身をクックッと快感が駆けめぐる。一体どうしたと言うのだろう。この重い鎖が解き放たれたような甘い虚脱感は……。瞼をうっすらと開けて様子を伺うと、二本の剛毛の絡みついた太い足のすき間に、兄貴の艶のある髪が見える。兄貴は俺の後に唇を押し当て、口づけをしてくれているのだ。

ゆっくりと、俺のかかげられた足を、兄貴の手が揺りかごのように前後に弧を描かせると、俺の下腹部はそれにつれて同様にゆらゆらと揺れる。兄貴の突き出した舌が、その揺れに合わせて、俺の秘口から感じるところをザラザラと舐めあげる。

兄貴の舌は自由自在に形を変え、固さを変え、俺の恥部を責めたてる。ゆらりゆらりと俺の体が動かされると、ザラザラと兄貴の舌が俺を這う。「アッアー!」俺は詰まったような喘ぎ声をあげる。

口に詰め込まれていたブリーフは、既に脇の溝の中に、取り出され、放り投げられていた。

「どうだ、いい気持ちだろう。うんとよがれよ。俺の舌技でいかねえ野郎はいない。お前が雄である証しをぶっ放してみなよ」

兄貴のうわずった声が、俺の痺れ始めた聴覚に空ろに響く、ザラつく舌が、これ程の快感を与えるとは俺の思ってても見ないことだった。

「アッ！」……また来る。

手足の先がジーンとしびれ始め、口中一杯に粘ばつく液が満ちあふれ、俺の頬をゆっくりと流れていく。

再び両足が揺さぶられ、兄貴の舌……。

かかげられた二本の足の間にもう一本の足が林立し、限界以上に空気を送り込まれた風船のように今やパンパンに膨れ切って、もう僅かの間に破裂してしまうのが俺にはわかる。すでに体は動くことを忘れ、俺の全神経はその一点に集約され、口からもれるあえぎも「クッ！　クッ！」と単なる空気の摩擦音に変わっていた。

「あーっ！」

それは、手をそえることなく噴出した。俺の最初の打ち上げ花火だった。とめどなく俺は雄の生命を吹きあげ続け、俺の体を不透明な粘膜でおおいつくしていった。

「ちえっ！　もういっちまいやがった。慎！　お前も案外こらえ性のねえ奴だな。少しは耐えるってことをおぼえろよ。まっ、それは俺がおいおい調教してやるが……。それにしても随分出しやがったなあ。顔から胸までベトベトじゃねえか」

俺も何も言えなかった。すでに痺れは口にまで及び、舌がうまく回らないのである。深い虚脱の中で、俺はそこに伸びていた。その放心状態の中で、俺は、兄貴のごつい手が俺の粘液を体に押し広げていくのを感じた。ヌルヌルと粘りつく広がりが、俺の体を這っていく。青い若草に踏みしだかれた香りが、俺の鼻腔をくすぐる。

兄貴の指は次第に俺の体を下降して行き、一仕事を終えて、やや萎えかけた俺の雄をやさしく弄(いじ)くる。太さだけは頂点に達したままの状態の俺の雄は、曖昧な力のなさで兄貴の掌の中で遊ばれる。一度吐き出した雄の汁を摩り込まれると、ギラギラとした照りを浮かべて、俺の雄は再び激しく息付いてきた。

「いいぞ、いいぞ、その調子だ。さすが俺の見込んだ野郎だぜ。そうこなくちゃ、おい、慎！今度は俺と一緒に昇天するか?!」

兄貴の言葉を待つまでもなく、俺は今日三度目の発情に身もだえしていた。俺の雄の先っぽは、今しがたの愛撫で赤く染まり、ポンプのようにピクピクと絶え間なく愛液がこみ上げて来ている。

「兄貴！　握ってくれよお、つぶれる程、きつく握り締めてくれよお……」

俺はたまらなくなって、せつない哀願を口ばしる。

「よし、握ってやるぜ。お前が悲鳴をあげるまで握り潰してやる。今度は、お前一人いかせる訳にゃいかねえよ。俺も一緒に楽しませてもらう」

兄貴はそう言うと、俺の両足をV字型に力まかせに押し広げると、兄貴の腰を挟み込ませるように、その間に分け入って来る。ムッとする兄貴の体臭が俺の体に密着してくると、俺の秘口は既に、知らぬままに兄貴を受け入れるかのように、ヒクヒクと熱い呼吸をしていた。

同じように、兄貴の洋ナシのようなそれは、俺のあまりに小さすぎる秘口に入ることなく、むなしく跳ね上る。

「力を抜くんだ。慎！　クソをたれる時のようにケツを大きく割って、出すんだ」

兄貴の叱声が飛ぶ。

「いくぜ！」

目標をしっかりと見定めると一突き……言葉が終らぬうちに、俺は燃えるような衝撃を身に受けた。ついに俺の秘口は、兄貴のものを受けとめた。

「アッ、兄貴！　止めて、止めてくれ、割れちまう……」

俺は必死に両手を兄貴の胸に当て、兄貴の行為を押し止めようとする。しかし、兄貴はそんな俺の抵抗を知ってか知らぬか、邪険に俺の手を払いのけると、情容赦なく俺を裂いてくる。

「力を抜け！　そうすりゃ楽になる。もう半分だぜ、ここを過ぎりゃ、後は快くなる。さっ、慎、力を抜くんだ」

俺の雄は急速に萎えおとろえ、今や繁みの中にうずくまってしまった。それを見ると兄貴は腰の動きを止め、俺の雄に手をそえやさしく揉みしだく、俺がその刺激を受け、やがて太く固く起ってくると、兄貴は再び背後からの責めを開始した。

またも激痛が走る。だが、グリグリと押し入って来る兄貴が俺の処女襞をくぐり抜けると、不思議にもスッと痛みが消えた。何か得体の知れない異物が俺の体を貫いていると言う感覚は、依然しこりとなって残っていたが、痛みは不思議にも消えたのである。

「フーッ！」と兄貴の漏らす溜息が、俺を完全に貫いたことを告げる。

「どうだ、慎！　もう痛かねえだろう。俺とお前は一つになったぜ」

兄貴の声を聞いた時、俺は何とも言えないやすらいだ気持ちに捕らわれた。

「本当すか？」

俺は怒る怒る手を動かし、尻に回すと、そこに躍動している兄貴のぶっといものがあった。俺は、精一杯口を開けた。

「アアッ、兄貴、いい、俺、俺、兄貴と一身になったんすね、これで……」

「そうだ、お前は今、俺に貫かれているのさ。どうだ、嬉しいか」

「アッ、兄貴……好きだ、好きだよ」

「可愛いい奴だぜ。どうだ、慎！　俺と一緒にいくか」

「やって、やってくれよお。俺、俺こんな気持ち初めてだ。早く……」

兄貴は俺の雄に手をかけ握りしめると、ゆっくり摩り上げる。と同時に、腰のそのリズムに合わせて俺を突き上げる。再び裂けるような痛みがツンと全身を打つが、しかし今度は俺の雄に加えられる快感とあいまって、次第に甘く大きなうねりに溶け込んでいった。

二人の体からはドッと汗が吹き出し、ダラダラという表現がピッタリする程、激しい流れとなって滴り落ちる。ピタッピタッと肌が触れ合う音と、二人の口から漏れる喘ぎだけが、四角い空間に消えて行く。俺の先がツーンとしびれて来る。兄貴の手の動きが一段とあわただしくなる。

「ウウーッ」と野獣の雄叫びが同時に二人の口からほとばしり、兄貴は俺の体にドッとのしかかって来た。

兄貴の肌に押し潰され、揉みしだかれ、俺の息子は二人をピタリと接着するかのように雄のエキスを吹きあげる。時を同じくして、兄貴の雄身もグッと明らかに張りつめあがり、俺の秘口を無残にこじ開けながら、体奥にしたたかあふれさせた。

その日、兄貴は俺の体から抜くことなく、続けざまに三発、雄を発(はな)ったのである……。

第十一章　回想の余韻、そして

俺は一体どうしたのだろう。朦朧(もうろう)としたうつろいの中で、体がようやく意識を取り戻した時、節々からゆるやかに痺れが俺の知覚に広がっていった。腟の辺りの鈍い痛みが、絶えずズキズキと俺をさいなむ。不透明な視界の雲が次第に晴れていくにつれ、天井の曖昧な木目が俺の視野に広がる。

「手間を取らせやがって……、俺に逆らうとはふてえ野郎だぜ！」

地の底からわき出たような太い、掠(かす)れ声が聞こえた。

そうだ！　頭の動きが戻るにつれ、俺は今しがたの、自分の置かれた立場を思い出していった。兄貴に連れられて来た山の中の邸。慇懃な言葉使いの裏に、加虐者の本能を垣間見せるマスター。浅黒い肌をチラチラと輝やかせる「家具」と呼ばれた二人の若者……。

時間が急激に俺を現実に引き戻していく。兄貴、そうだ、兄貴だ、俺を指さし、「こいつも同罪だ」と冷たく言い放った兄貴の鋭い視線。そして二人の加虐者の顔が一斉に俺の腹面に注がれ、そこに明らかに雄の果てた後のあの液が、乾いてキラキラとしこりになっているのを見定めると、ゆっくり頷く。

俺はどうしようもいたたまれなくなって、所詮無理とは知りながら、体の行き場を失い咄嗟に、半ば開かれた扉からの脱出を計ったのだった。三人の男と二人の野郎の姿が一瞬ゆらめき、視界の外に消えた。俺は向こう脛に激しい衝撃を受け、己の加速された逃亡への動きをプツリと断たれ、床めがけてドウとばかりに、もんどり打って叩きつけられたのである。誰かが俺の逃げようとする意図を察して、すかさず足を掛けてきたらしい。俺は後頭部を激しく打ってそのまま伸びてしまったのだ。一体、誰が……。俺を射るように見つめていた例の男、そうだ、あの男だ。スッと天地が逆転する俺の感覚の中で強烈に鼻腔を刺激したのは、乾いた雄の翳りを秘めた濃厚な匂いだった。あの男のニオイ…だ。

「甘ったれるんじゃねえよ。俺から逃げられるとでも思ってるのかい、ボウヤ!」

蛇に睨まれた蛙、と言う言葉があるが、その時の俺はまさにあれそのままだった。体が竦んで動かないのである。

「立ちな!」

男は、俺が完全に意識を取り戻したことを確かめると、突き刺すような口調でそう命じた。だが、俺はまだ五官が麻痺し、それが転んだ衝撃によるのか、今、目の前に顔を寄せて冷ややかな視線で俺を見すえている男の為なのかわからない状態にあるのだ。

「立ちな!」

男はもう一度、否応は辞さないと言ったそぶりで俺に命じる。しかし、俺が動きそうもないことを悟ると、俺が仰向けに倒れているのを幸いに、俺の雄に手を伸ばし、力まかせにそれを吊り上げた。

「ウッ」俺は思わず屈折した喘ぎを漏らす。だが男は構わず俺の雄をグイグイ力のままに引き上げていく。俺の雄の皮は奇妙に張り吊られ、青筋が幾本も血の道を浮き立たせていくのが見える。腰が浮き、俺の体は弧状に反る。

「この男は佐野と申しましてね。私の片腕として、ここで調教責任者として働いてもらっています。まっ！　この道は、働いているのか楽しんでいるのか、区別はなかなかつきかねますがね、御覧の通り荒っぽいのが良いところで、とりわけ鞭さばきは見事なものですよ。今、存分にお目にかけられると思いますが……」

この間、俺と男のやりとり（と言っても男の一方的な俺への責めであったが）を片笑いを浮かべて見守っていたマスターがその時、再び口を開いた。兄貴は黙って頷くと、満足気な笑みをもらして俺を見た。所在なさそうに、既に主役の座から降りていた二人の若者は、このような事は日常茶飯事だとでも言いたげな顔つきで、男と俺の狂宴をながめていたが、その股間の一物は明らかに興奮のそれとわかる態で、はちきれんばかりにうずいていた。

「もうそれ位でデモンストレーションはよかろう。さあそいつを刑場にひったてろ、野郎の初舞台だ、とっくり鑑賞させてもらうとしよう」

マスターの抑揚のない声がする頃には、俺の雄はすでに赤紫に腫れあがり、ジーンと冷たくしびれた感覚が全体に広がりつつ、キュッと引っぱられて形を変えていた。

長い廊下のはずれに庭に通じる扉があり、午後の茜色に染まった外気がそこに漂っている。サワサワと草を抜って風が渡り、裸体のままの俺を初秋の冷気が責める。足の裏をチクチクと刺す芝のたよりない固さが、火照った俺の体を冷んやりと愛撫する。

三角形をした木馬と磔台は俺を嘲笑するようにそれぞれの位置に静まっていた。それとわかる部分が薄黒く汚れた木組みはあたかもこれから始まる過酷な責め苦を暗示するかのようだった……。

第十二章　野郎燭台

遥か遠く、なだらかな山並みが見える。周囲には低い丘陵が続き、一面にザワザワと木立がうねっていた。兄貴に連れられて来たこの丘の上の家は完全に孤立し、叫んでも声の聞こえる範囲に人家はなさそうだった。

俺は罪人のようによろけながら、一歩一歩足を引き摺るように歩く、一体、何に向かってなのか？　俺には解らない。答は俺の歩むそのかなたにあるのだ。恐らく、その答は、俺のこの肉体を通して与えられる。それだけは、はっきりしていることだ。

時折、俺の体から漂う汗の匂いを嗅いで、神経質な羽音と共に、藪蚊が飛び回る。だが今の俺には、それを追い払うことも許されない。絶好の獲物とばかりに、藪蚊は俺の肌に喰らいつく、小さな痛みを感じると、じんわりと痒さが広がっていく。

「しかし、高野さん！　いい野郎を手に入れましたな、こう言っては何だが、私が初めに手をつけたら、人前には出しませんよ。もったいなくてね。この腰のくびれ具合、ぽってりした尻の肉、後ろ姿を見ているだけで、たまりませんな。あなたの前でなければ、この場で引き倒して、尻に突き立て、二三発食らわしてやりたいところですよ」

マスターの声は、冗談以上のものがあり、俺は今にも尻に飛び掛かってくるのではないかと、思わず体を固くした。

満更でもなさそうな兄貴の笑い声がし、例えマスターの野太い雄身が俺の尻を割っても、何の抵抗も許されない自分を、今更ながら実感する俺だった。

「さて、ボウヤ！　一丁、始めるか」

俺を引っ立てる男は、まるでいつものことだと言わんばかりの気軽な口調でそう言うと俺を促すように、その剃り跡も青々とした顎(あご)をしゃくりあげる。

そこには奇妙な、そう、まったく奇抜な刑具が置かれていた、冷々とした長方形の台には、左右に鉄枷が埋め込まれ、もう一方の端にはポールが立っている。そのポールの頭部丁度、T字型の横棒の両端からも、やはり、重たく鋭い光を発つ鎖付きの枷が、垂れ下がっていた。

「さあ、ボウヤ、そこにネンネしな」

男は口笛を吹くような調子で命ずる。俺は男の言うがままに、体をその台に横たえた。

冷んやりとした感触が背骨を伝い、俺は思わず身震いをする。股間には、その付け根に、ポールの根元が当り、挟み込んだ金属の威圧的な冷たさが、俺の体を縮こませた。

「まずは、両手を拡げてもらおうか、ジタバタされちゃ、かなわねえからな」

男は俺の傍らにしゃがむと、俺の手首を掴み、手枷をはめる、ガシャと錆びた音が二度して、俺はもはや逃がれられない運命を悟らされた。男が二三度手枷を引っぱり、完全に錠がおろされたことを確めると、ニヤリと俺に一瞥をくれる。

「今度は足だ、両足を高く掲げてみろ」

俺は不自由な体に耐えながら、両足を、垂直なポールに沿って伸ばした。

「おっ開げるんだよ、ガバッとな、女じゃあるまいし、何をモジモジしてるんだ。思いきり、おっ開げろ、後ろの穴が丸見えになるようにな」

俺はゆっくりと両足を開げていく、尻の肉が引攣(ひきつ)り、軽い鈍痛が足の付け根に走る。

「そうだ、その意気だ、いいか、俺がいいと言うまで、そうやってるんだぜ」

男はそう言うと、神技とも言うべき素早さやで、手際良く、横棒の両端から乗れている足伽に俺の足首を固定させていく。グッと力がかかり、俺は尻が割れるような錯覚を覚えた。

再びガシャと音がし、今や俺は、身動きも出来ぬ状態だった。限界以上に押し開げられた足の付け根から、俺の雄はだらしなくぶら下がり、張り詰めた全身の筋肉と比べ、あまりに憐れな姿を晒していた。

「マスター！　準備出来ました。始めてよろしいでしょうか」

男はそう言うと、静かに、幕明けの宣言を待つ。

「待ちたまえ、野郎の肝心な一物が縮こまっているじゃないか、何てぶざまな格好だ。見苦しい！　雄々とおっ起ってなければ、折角の趣向も台無しだ」

マスターは横にいる兄貴に軽く会釈をすると同意を促す。兄貴は脂ぎった顔にギラギラとした欲情を浮べ、食い入るように俺を見つめるばかりである。

「手っ取り早く、おっ起てさせろ、高野さんはお待ちかねだ」

「へい‼」

男は返事をすると、指を鳴らしながら俺に近付く。

「でけえ面しながら、テメェの雄も意のままにならねえとはな、いいか、俺が今から教えてやるぜ、野郎の起て方をよ！」

男はそう言うや、片足を挙げ、ギュッと俺のを踏みつけ、グリグリと揉みしだく。

「ウウッ！　やっ、止めろ‼」

俺は体を捩って、この強烈な愛撫を避けようとするが、枷の音がガチャガチャと響くだけで、一向体は動かない。靴を履いたまま、それも皮靴である、固い靴の裏は否応なく、俺の生身の雄をいたぶり、被っていた薄皮を削いでいく。グリグリと回すように俺の雄身をさいなみながら、男の表情は恍惚としたものに変っていた。

「どうだ、野郎になる気分は、嬉しいだろう。喘げよ、うめいてみろ、擦り切れて、血が滲むまで、たんまりと踏みしだいてやるぜ」

コロコロと動き回る俺の雄身を巧みにとらえ、男の靴は重みを増して来る。

俺の皮は引き摺り降ろされ、赤く擦れた頭は、更に剥き上げられる。そんな、男の容赦ないしごきにも、既に俺の雄身はニュッと身を反らし、またたく間に固く充血していく。根元にジーンと痛みが走り、俺の勃起した雄身は、ビクッビクッと血が逆巻いている。俺は、いつしか「アアッ！　いい」と籠ったような喘ぎ声をもらしていた。

「その位で良かろう、そろそろ取りかかれ」

マスターがそう言うと、男は未練気に足を離し、鎖を巻き上げる作業を開始する。ズルッズルッと音なき音をたてて、鎖が巻き上げられていく。それと同時に、鎖がついた足枷が位置を変え、俺の下半身は着実に、より高みへと釣上げられていく。

ジリジリと時が経過し、俺の尻は完全に宙に浮かび、伸ばされるだけ伸ばされた体は、小刻みに震え出した。その時、俺は見た。俺の顔を狙う蛇の鎌首が、今にも飛びかからんばかりに、俺の股間でヒクついているのを。それは今しがたの靴との激しい抱擁に、真っ赤に脹れ上っていた。

「どうです。ボウヤの雄はパンパンに張り切ってますぜ、こいつを毎日、いたぶらせてもらえるとは、考えるだけで、俺の陽根が突きあげてきまさあ」

男はそう言いながら、先刻からじっと佇んで待っていた裕に目配せした。すかさず、豊は手に持っていた箱を男に捧げ出した。

「これからお目にかけますのは、言わば『野郎燭台』って奴でしてね。本来ならば夜に御覧になった方が、見栄えのするものです。闇夜にね。四、五人野郎を吊して、その菊座にぶっ太い蝋燭を突き立てる、火を点すとぼんやりとした光に照らされて、野郎のいきり勃った雄が浮び上る。どいつもこいつも筋を立ててね。ピクンピクンと、腹を叩いているその股間を、溶けた蝋がツッツッと流れ、野郎の体を熱ロウが飾っていきます。熱いもんだから、体をくねらせてよがる、その悶える様を見ながら、食事をする楽しさは例えようがないでしょうな。

流れたロウは、二本三本とロウソクを突き立てる内に、幾筋も線を引いて、まるで滝のように野郎の胸までも埋めていき、べっとりとこびりついたロウが穴の周囲に、うず高く山を作る頃には、五本の野郎燭台が出来上るという趣向です。その間、野郎達の「ああ」ともらす喘ぎ声を聞いているだけでも、先っ穂が濡れて、疼きますよ」

「勿論、その時は、ロウソクを抜いて、もっと熱い生のロウソクをブスッと刺してやるんだろ、ぶっ太い奴をな」

兄貴は興奮に声を震わせて付け加える。

「それはもう、野郎のケツはその為にあるのですからね」

マスターがそう兄貴に説明している間にも、男は箱からひと際太いロウソクを選び出し、俺のおっ開げられ、無防備な股間にあてがう。

「毛深いな、ボウヤ！　ケツの穴が見えやしねえ。俺がロウソクでテメエのケツを撫でてやるから、穴の所に来たら『そこです、そこが自分のケツの穴です。早く突き刺して下さい』って合図するんだぜ」

男は俺を弄する(ろう)ように言う。恐らく俺の秘口のありかなど、先刻承知の上でのことだ。俺は尻を滑るロウソクのこそばゆさを感じた。ゆっくりと男はロウソクの位置をずらしていく。

「まだか!!」

男は言う。

と突然、俺はキューンとせつない痛みを感じる。兄貴が俺を求め、貪る時のあの感覚だ。ロウソクは俺の秘口を擦っているのだ。

「そっ、そこ……です」

俺はあわてて言った。

「何っ！　聞こえねえよ、風呂の中で屁をこいたような声で言うな。いいか、でっけえ声で言ってみな」

　ロウソクはゆるゆると俺の穴の周囲を徘徊する。

「そっ、そこです。そこが……そこが俺のケツの穴です。はっ早く…突き…下さい」

　最後の方は、消え入らんばかりの声で、俺は言う。

「何っ？　最後まではっきり言え！　はっきりとな。もう一度、言ってみろ、早く突き刺して下さいとな」

　男は、俺の羞恥心を粉々に砕こうとするかのように命じた。所詮、野郎に羞恥心は不用なものなのだ。

「早く、突き刺して下さい」

　俺の顔は紅らみ、喉は裂けそうだった。

「よし！　望み通り、突っ込んでやる。こいつは太いぜ」

　男はそう言うと、グッと力を込めてロウソクを押し込む。油も何もつけていないロウソクに、ヒリヒリと激痛が走り、俺は「ウッ！」と体を突っ張らした。ガチャガチャと鎖の音が空ろに鳴り、どっと脂汗が吹き出る。

　だが男の手は休むことなく、太いロウソクをめり込ませてくる。秘口はミリミリと裂け口を開け、それを喰らい込んでいく。ただでさえ、両足は限度以上に開かされ、今又、このロウソクである。俺は、体がそこから真っ二つに裂けるのではないかと云う不安に襲われた。

　横隔膜は大きく波打ち、涙がにじむ、しかし男は、ロウソクを回転させながら、俺に太いビスを打ち込んでいく。肉の襞が引攣り、激痛が全身を駆け巡る。

俺はその時、目の上はるかな所に、一本の白い柱が突き立っているのを見た。一仕事を終えた男は、俺の顔をニヤリと見降しながら言った。

「どうだ‼　二本待った気分は、満更でもないだろう。ふてえもんを二本もおっ勃ててよ、いい格好だぜ」

そう言いながら、男はロウソクに火を点す。チチッと音をたてて、ロウソクは、夕暮れの光の中で、透明な明りを輝かせた。

「ほらほら、腰を威勢よく振るんだよ。じっとしてたんじゃ、ロウが流れねえや」

男はそう言いながら、俺の不安定な体を前後に揺らす、溶けたロウが、長い白柱を伝いやがて俺の最も敏感な部分を焼く。

「アチッ‼」

俺はガクンと宙吊りの体を波打たせる、と新たな熱責めが俺を焼く。日に当ったことのない俺のそこは、白くなまめかしい肉を、熱ロウに赤く色を変え始めていることだろう。

「佐野！　そいつはいつものようにな、まだ謙の責めがある」

そう言うマスターは、豊を俺のもとにやる。

「これから、謙を傷めつけてやる場をお見せします。あなたには、むしろこっちの方がお気に召すと思いますよ。…佐野！　謙を連れて来い。…あなたの大事な野郎には、しばらく豊と遊んでもらいましょう。豊が奴の雄をしこしことしごいてね、豊ッ、いいな、じっくりと時間をかけてやれ」

「しかしマスター、しごけば、慎は爆発しちまうぜ、何せこの一週間というもの、汁を抜いてないからな」

兄貴はちらりと俺に視線を走らせ、言った。

「ですから、それが狙いなんですよ。あの姿勢は、丁度マラからぶっ飛ぶ雄液が、奴の顔にふりかかるようになってます。溜りに溜った己の粘液を満面に受けるわけです」

「無論、その時は口を開かせて置くんだろう」

兄貴は興が乗ったように、体を揺すって笑った。

「ねっとりと濃いのをね。自分で自分のを飲まされる。野郎のマスは、そういうもんですよ。ハッハッハッ……」

いつか、兄貴の秘蔵の写真集を見せて貰ったことがある。外国の無修正のものを。その一頁に若者が体をくの字に曲げ、自分の砲身を喰わえているものがあった。開けっ広げられた秘口にはバイブレーターが突き刺され…。

「こんなことが出来るんすね。スゲェや」

あの時、俺は訳もなくドギマギした。しかし今、それが自分の身の上となった時……。

豊は俺の横に佇むと、慣れた手付きで俺の雄身を握った、私語を禁じられているのか、豊は無言だったが、明らかに俺の雄の太さに驚いているようだ。

豊はゆっくりと握った手を上下させ始め、俺は熱い責めと、快感との板ばさみの中で、どうしようもないやるせなさを感じた。豊の指の間から頭をのぞかせては、又引っ込む俺の真赤に脹れた鈴口から、勢い良く粘液が弾け飛び、俺に深く、絶えることなく注ぎ込まれるその時に向って、今、俺は燃え出したのだ。

第十三章　為来り

豊の湿った手が、間断なく俺の雄を締付けては弛める中で、俺は遠くから、人のざわつく気配を聞いた。

謙だ!!　俺は直感した。とうとう、その時が来たのだ。俺の手で果てた謙、八重歯を見せて、気まずそうにはにかんだ謙、その謙が、今あの男に引き立てられ、刑場へと足を引摺っているのだ。

最早、俺は、俺の秘口を焼いて流れる、溶けた熱ロウの熱さも忘れ果てていた。俺は、何とか一目でいいから謙を見たかった。不自由な体を動かし、ようやくのことで視界に入った情景は……。

謙は、先刻のあの体にぴっちりと張り付いた網のトレーナーを脱がされていた。小麦色の肌を被うものを剥ぎ取られた今、謙の形の良い雄身は、歩を運ぶ度に、ゆらゆらと股を打つ、口には、ゴルフボールのような玉が押し入れられ、その左右から伸びた紐が、謙の頬を無残に引攣らせていた。

コリコリとしこるような筋肉の鎧をつけた肌には、荒い縄がきっちりと肉を喰い、ささくれた縄が、謙の素肌を赤く染めかえている。縄目の部分で、急速に圧迫を受けた肉は、異様な凸凹を見せ、恐らく息をするのも酷なように、謙の自由を奪っていた。

後手に高く締め上げられた腕は、そのつけ根にあるはずの腋毛がない為、突っ張った肉の襞を否応なく見せつける。ふっくらとせり出た胸に、菱形に縄が絡みつき、ピンと張った皮膚は今にも裂けんばかりだ。

俺は謙の顔をまともには見られなかった。見れば、どうしようもなく胸が痛むだろう。御免よ、謙！　俺があの時、上手く謙のほとばしり出た白液を受けとめていたら、こんなことにはならなかったろうに……。

男は謙の肩を小突きながら、やがて俺がいましめられているすぐ近くに、謙を連行する。俺と謙の視線が一直線に結ばれたのは、その時である。下から見上げる俺のそれが、口を封じられた謙のそれと火花を散らした時、何を思ったのか、今まで神妙に男の言いなりになっていた謙は、やにわに体を大きくうねらせ、男の支配から逃れようとした。

熱い風がわき立ち、懐しい謙の体臭が飛び散る。

「ケッ、謙!!」

俺は思わず叫んだ。

所詮。それは無駄な悪あがきにすぎないんだ。野郎には許されない反抗は、すぐに、より激しい力で鎮圧されるんだ。…そう俺は言いたかった。

謙はしゃにむに体を伸ばしては縮め、横に振っては、倒れんばかりに突っ張る。

「ウーッ、ウーッ！」

歪められた口の、わずかな隙間を通して謙の雄叫びが洩れる。

と、男はサッと敏捷に身をひるがえし、謙の体に貪りつくと、エイとばかりに謙を投げ飛ばす、謙の体は、成熟した男の体躯としての重みを失い、軽やかに宙を舞い、ドスッと地にくずおれた。

「やっ、止めろ、それでいいだろう。謙は、謙は身動きも出来ない位、縄で縛られているんじゃないか……」

叫ぼうとする俺の口は、豊の手で塞がれた。豊は悲し気に顔を振り「仕方がないのさ」と言うように頷いた。

男は客の見ている前で、つまり兄貴の前で思ってもみなかった抵抗を受け、自尊心をいたく傷つけられたらしい。地面の上でぜいぜいと荒い息をし、肩を震わせている謙に、音も高らかに往復ビンタを喰らわせる。

「ウッ」と顔をしかめる謙の首元に、更に剛毛うず巻く太い腕を回し、グイグイと締め上げる。

「得意の『裸締め』だ」

豊がポツリと小さな声で呟いた。

「裸締め?」

「そうさ、柔道の技の一つだ。ここに連れて来られた若者は、一度は経験する責めさ。あいつの十八番でね、でも、これからがすごいんだ」

豊は、俺の雄への愛撫も気もそぞろに、俺にしか聞こえぬ程度の小声でささやいた。豊の言う通り、それはすさまじい愛撫の前奏曲だった。

男は、これでもか、これでもかと謙の首を締め上げる。謙の顔は真赤に紅潮し、ただでさえ胸を圧迫されている上に、今また首を締められ、息が出来ないのか、鼻穴をひくつかせ、もがく。

「いいか、よく聞け、二度とこんなシャレた真似は許さねえ」

そう言いながら、男は片腕で謙の首を締め身動きのとれないことを確めると、もう一方の腕をやっと伸ばし、仰向けになって無防備な謙の股間の一物を、ギュッと握り締めた。謙は時折、ピクンピクンと身を震わせるばかりである。

「俺はテメェが好きなんだ。だからこうしてやるんだぜ。まあ、そう暴れんなよ。ほら気持ち良くなってきたろう。さあ、皮を剥いてやるぜ、いい色だ、どす赤くなってよ。がんばってみな、もう少しだ、どうだ。おっ勃ってきやがった」

男はそう言いながら、ゆっくりと謙の雄身を撫でくり回す。武骨な指の、一体何処にあんな愛撫が出来るやさしさがあるのか、謙は半分意識を失いながら、その股間はありありと息付き、今やはっきりと野郎の全身を、固く大きくいきり勃たせていた。

男の指は秘口のあたりをさ迷うと、やがてググッと力が入り、中指と人指し指をその奥に突っ込む。

クッと謙は身をよじるが、一度捕らえた獲物は二度とは逃さない執拗さで、男の指はピッチリと謙を貫いている。掌は一時の休止もなく、謙の反り返った雄身を包み込み、ゆっくりと撫で回しているのは、言うまでもない。

次第に謙の両足はプルプルと震え出し、平泳ぎの足型のように広がっていく。

「どうだ、嬉しいか。嬉しいだろうな。その証拠に、テメェの雄はこんなに熱くなってやがる。それに、ケツの締まり具合も満点だ。いつも、いい子にしてらあ、こうして俺もやさしくしてやるんだぜ」

謙の首に回された腕は、依然きっちりと喰い込まされてはいるが、幾分力を抜いたのだろう、謙はじっと身動もせず、休みなく湧き上って来る快感に酔った表情になっていた。

「旨そうな肉をしているぜ、こいつ……」

そう言うと、男は謙の体に顔を寄せる、そして、口をあんぐりと開き、その肌に歯を立てて喰らいつく。

謙の腹は激しく波打ち、汗が滴となってタラタラと流れ落ちる。

首にかぶりついたかと思うと、男は次には肩に口を当て、一時も休まず謙の肉の味を楽しむ。それが見せかけでない証しに、男が口を離すと、その部分は赤く色を変え、くっきりと歯型がついて血が滲み出てくるのが、俺にも見えるのだから。

「ううっ、たまらねえ、汗のしょっぱさもこたえられねえや」

男は舌なめずりしながら、謙の肉にかじりついていく。恐らく、相当な痛みだろう。血が滲むまで歯を喰い入れられては……。しかし謙の顔には、うっとりした恍惚だけがある。その間も、男の、股間に伸ばされた腕は、謙の一物を絶ゆまなく撫で回していた。

「佐野！　いい加減にしろ、喰いたければ、今夜にも、野郎を一匹、お前の部屋に繋いどいてやる、どうだ。この新入りは……新鮮だぞ、何せ、一度もお前の歯型をつけられたことがないのだからな。一つ存分に可愛がってやれ」

業を煮やしたマスターが言うと、男はしぶしぶ謙から身を離し、処刑の仕事にかかった。

木組みもがっちりとした吊り台は、俺にも馴染みのものだ。単純な木の構成が、そこに吊り下げられる者に、幾様もの複雑な思いを感じさせる。体を縛る縄は、情容赦なく肌に喰い込み、肉をひしゃがせ、呼吸さえも出来なくする。節々が一発にねじまがり、血が停滞する冷たさにチリチリと痒みにも似た痛さが全身を引攣らせるのだ。

謙はうっとりとした表情で、地に体を横たえている。うっすらと閉じた瞼には、汗とも涙ともつかぬ滴が伝い、頬張らされたボールの周囲には唾液が光っていた。肩や首筋には今しがた男によってつけられた歯型が、紫色にぷっくらと脹らみ、処々に血の滴りが、ツツッと線を引いている。

ただ股間そのものだけは、正気を維持しビクッビクッと絶えず反り返っていた。毛の剃り落されたそこは、汗のぬめりが染みをつけたように黒ずみ、熱風が吹き荒れているようだ。

「浩！　手伝え、こいつをぶら下げるぞ」

男はそう怒鳴ると、浩はあわてて駆け寄る。その浩に謙を抱き起こさせ、男は鉄鉤（てつかぎ）に謙の背の縄を掛ける。

「こいつ、まだ酔っぱらっていやがる。おい起きろ、大事な儀式に何てざまだ」

そう言いながら男は謙を揺さ振るが、謙はまだ夢の中だと知ると「チッ！」と舌打ちをした。

「水をぶっかけたらどうだ」

今まで沈黙を守っていた兄貴が、その時、横合いから口を挟んだ。

「高野さんの言う通りだ。佐野！　せっかくの楽しみが、間伸びしては興も醒める」

マスターは兄貴に笑いかける。

「へい」

男は一声返事をすると、浩を手招く。

「浩、ここに立て」

浩は言われるままに、謙の真正面に立つ。男はつかつかと浩の背後に回り込むと、浩の体に被いかぶさるように体を重ねた。

「一体、何をするんだ」

兄貴は怪訝(けげん)な顔をし、マスターを見つめる。

「佐野におまかせ下さい。あの男は、しごきと云うものを、何も彼も承知の男です」

男は両手を浩の前にやると、網のトレーナーを一気にずり下げた。レスリングのトレーナーは前が開いている上、これは網で出来ている為、伸縮も自由で、浩の雄がポロッと剥き出されるのに時間はかからない。

「浩！　ジャーッと威勢よくやれ」

男はそう言うと、浩の雄身に手を添え、砲先を謙の顔に向けた、だが、浩はもぞもぞとするだけで、なかなか男の意のままにならない。

「どうした浩！　今、放出しないと明日まではお預けだぞ！」

どうやら、この館では、野郎にはトイレもままならぬらしい。

「野郎には、許可なく放出することは禁じています。出す時は出す時なりに、教え込むことがありますからね」

「例えば、野郎を口を開かせて坐らせ、その中にぶっ発(ぱな)すとか？」

「ええ、それは序の口でしてね。ほら、今慎がやっているように、自分のを飲ませるとか。

そうそう、野郎を四つん這いにさせ、もう一人の野郎のマラをその後ろの穴にぶっ込ませ、それでたんまり絞り出すのもあります。野郎の穴は、何であれ、ぶち込まれる為にこそあるのですからね」

マスターの説明に、兄貴は満足そうに何度も頷いている。

浩はと言えば、最早観念したのか、意を決したように神経を一点に集中する、今しなければ、正に明日までの時間は長すぎるのだ。

「ほら、出せよ、昨日からの分が溜まっているだろう。全部、出しちまいな」

男の言葉を待つまでもなく、浩は、ピューッと音も高らかに水飛沫をあげ始めた。その太いホースを男は巧みに操り、謙の顔から胸へと浴びせかける。止まることを知らぬ黄水は謙の体を濡れそぼらせ、熱い蒸気がその全身を包み込む。

「いいぜ、その調子だ」

男は浩の雄をクルクルと回す。自分の雄を弄ばれる浩は、顔を俯け頬を赤らめるが、その意志と関わりなく堰を切った激流は止めることは出来ない。一筋の滝は、軌跡を描いて、謙の意織を呼び醒ます。謙は、肌につけられた切り傷がしみるのか眉をひそめ、いやいやをするように頭を振る。謙は、時ならぬ雨に一瞬ブルッと身震いし、己の体に注がれる、その正体を納得した。

「どうだ、目が醒めたか、ボウヤ！　すっぽり濡れて、水も滴るいい野郎だぜ」

男は全てを出し終えた浩の一物をプルンとふり、残滴を切ると、浩に命じた。

「浩、滑車をあげろ」

浩は、押し下げられたトレーナーを元に戻すことも許されず、火照った雄身を衆人に晒したまま、ハンドルに手を掛け回す。

ズルズルとボロ衣のように弛緩した謙の体は地を這い、やがてスックと体を立ち上らせる。そこには、全身濡れそぼった謙の体が、夕日に煌き、赤く染まり、まるで赤銅の彫刻のように立っていた。唯一、彫像ではないと解るのは、多くの影像が葉で隠している、その部分が、隆々と天を仰いで直立している点であった……。

第十四章　野郎への道程

「浩！　ハンドルを回せ、俺が合図するまで謙を吊り上げる」

男はそう言いながら、じっと謙の体を見つめている。恐らく、何が一番謙にふさわしい答なのをか考えているのだろう。

キリキリと歯軋りのような音をたて、鉄鎖はたぐり上げられ、それと同時に、謙の体も宙へ巻き上げられていく。謙は懸命に両足を突っ張り、わずかでも地に着いている時間を長びかせようとする。だが、時は無常にも、謙にそれを許さない。

やがて、謙の体はスッと上昇し、揺らりと空に漂った。締め込まれた縄に、謙の全体重が掛かり、キュッと音をたてて、縄は謙の肉を擦る。謙の眉間に皺が寄り、全身がプルプルと痙攣を始めた。

「よし、そこで固定しろ！」

男の声がする頃には、謙の体は完全に宙に舞い、もがくことも許さないきつい戒めに、謙はただ身をまかせるだけだった。

五十六センチの、地上との距離は謙の雄を丁度、顔の高さにまで引き上げている。

「見事なもんだな、緊縛され、吊り上げられても、奴の雄は萎えることを知らねえようだ、よくあそこまで調教したもんだ」

兄貴は感心したように呟く。

「野郎にとって責めは愛撫、さいなみは喜び！　御覧なさい。青筋たててビクつく雄を…。イイッ、イイッとあえいでいますよ。……佐野！　革が良いだろう。よーくなる奴をな。謙の好物だ、たんまり味あわせてやれ」

マスターの言葉に、ニンマリと微笑を浮かべると、男は館の中に走り去った。

「ひとつどうです。触ってやっては、口をあの通り封じてますから、浩の時のような良い音色は出ませんがね」

マスターは、兄貴を謙の真下へと導く。

「ちょっと、お待ち下さい。今、清めさせますから、野郎にとって宝水でも、我々には汚水にすぎませんからな」

マスターは浩に目配せをすると、浩はすぐきま駆け寄る。

「浩、やってやんな。舐めてくれと、謙の奴、ピクついているぞ、元はと言えば、お前の小便だ、一滴も余さず啜(すす)り上げてやれ」

浩はおずおずと謙の股間を凝視する。そこにはポタポタと水滴が垂れていた。浩は両手を謙の臀部に回し、その肉を掴むと、グイと己の顔に近寄せた。浩の舌が唇から長く伸びると、やがて、ズズッと謙の雄身に沿って、下から上へと撫であげる。

「ウーッ」

浩にしても、今、自分が無理矢理放水させられた濁り水を飲まされる破目になったのだ。誰が好き好んで……だが、野郎に好き嫌いは許されない。浩は懸命に謙の雄にしゃぶりつき、汚水を啜りあげる。

「その位でいい、あんまりがっつくな。喉が乾いているなら、後で、こちらにたっぷり注いでもらえ」

「ああ、飲ましてやるぜ、たんまりとな」

「まったく、野郎は始末におえませんよ。与えてやれば、何でも貪りつく……」

「そこが、可愛いところでもあるがな。どれ、一つ握り具合を楽しませてもらうか」

兄貴は浩を押しのけ、謙の雄身の前に佇む、そして片手を伸ばすと、グリッと謙を握り締めた。

「ホーッ、一段とぶっ太くなってるぜ、テェしたもんだ。ここまで育てるのにどれ位かかる」

兄貴は、握った手をググッと上下させながら尋ねる。

「謙は確か一ヶ月程前でしたかね、預ったのは…。威勢よく暴れましてね。随分手こずりましたよ。しかし、野郎は生のいいほどしこみがいもあるし、佐野は相当意気込んで調教に取りかかりましたよ」

「だろうな。あの男のことだ、こいつのキンタマに喰らい付いたか?」

「まさか、役立たずになられては、困りますからね。まずは、謙を大文字に鎖で繋ぎ、雄身に針金を結いつけましてね。周期的に電流を流す。そりゃもう、猛烈に暴れまわりますよ、しかし、何回も何回も、かまわず弱電で、こいつの雄を刺激し続ける。野郎とはどういうものか教え込むわけですな」

「ハッハッ！　そいつは見物だぜ。のたうちまわって喘ぐ野郎には、色気があるもんな」

「その野郎の色気とやらも、間もなくお目にかけられると思いますよ。佐野が来ました」

男は再び姿を現した。今や、完全に野獣と化した男は、黒いレザーのトレーナー、それは謙達が身に付けていたのと同じ形であったが、それをピッシリとまとい、意気揚々とやって来る。

ムッとするような熱気の籠った雄臭さが、周囲の空気を蹴散らせ、男は手に持つ細身の革鞭を振りながら、どんどん近付いて来る。

「待ったか、ボウヤ！　そう駄々をこねるんじゃねえ、俺も精一杯急いで来たんだぜ。今いい思いをさせてやるからな。テメエが昇天するのも、すぐだ。……さあ、臭いを嗅いでみろ。大好物の革の臭いだ」

男は謙の鼻先で鞭を二三度軽く振ると、せせら笑うように、その頬を鞭先で小突く。

浩が謙の股間を何やらいじくっていたかと思うと、一本の糸がツッと伸ばされ、その端をマスターに預ける。

「これをお持ち下さい。ピンと張るように。鞭が謙の肌に赤痣をつける度に、奴は飛び跳ねますからね。糸を伝って、野郎の躍動する様を、お感じになれますよ。……そう、ピンと、ピンと張って下さい」

「こうか？　ハハッ！　陸でトローリングの醍醐味を味わえるとはな、野郎釣りを、じっくり、楽しませてもらうぜ」

兄貴の手にする糸がピンと張られるのを待って、男は素振りも大きく、鞭をうねり上げた。ビューッと風を切る音がしたかと思うと謙の体は弧状に反り返り、一瞬の後、その胸は、赤く滲むように一筋の線を引かれる。

「ウウーッ」謙は唸る。

すかさず、第二打が見舞い、前に屈むように、謙の体は折れる。股に絡んだ黒い革は、男の手の動きと共にスッと抜け、後には赤い縞が残る。

「オッ！　いいぜ。ブルブル、震えてやがるマスター！　こいつはいい、野郎の肉の動きが手に取るように感じられるぜ」

兄貴は、ビンビンと凧糸を引くように糸をたぐると、謙の雄身はそれに引き摺られるように筒先をピクつかせる。

男はヌキ手を振り上げ、ビシッと音も高らかに謙を打ちしごく。「ウッ！　ウッ！」と、と切れるような音に変っていた。「ウーッ！　ウーッ!!」と間伸びした声は、次第に間を狭め、「ウッ！　ウッ！」と、と切れるような音に変っていた。右から降ろしたかと思うと、すかさず左から鞭打ち、男の鞭さばきは、興の乗ったように謙を乱れ打つ、息張った謙の体は真赤に上気！　吹き出た汗が、爪先からポタポタと落ちる。

仰け反った首に赤い斑点が浮び、張り切った腹の皮に黒い線が走る。ビシッ！　ビシッと吸い付くような音が空気を振動させ、休む間もなく謙の肉を喰いちぎった。

「どうだ、いいだろう。久し振りの鞭の味は…。チンポコをおっ付けて生まれたことを喜べよ。テメエのチンポコから汁が吹き飛ばなければ、こんないい思いも出来なかったんだぜ。せいぜい、チンポコに感謝するんだな。それ、もう一丁!! エエイ、面倒臭え、乱れ打ちといくか」

男は鞭をしならせ、ヒョイと振る。わずかな手の動きが、それを伝えた鞭先で大きくうねる。と、ピッと裂けるような音をたて、謙の体に絡みつく。ポタポタと滴っていた汗は、今や滝のように謙の全身を流れ落ち、たらたらと一筋の線となって地に吸われていった、謙の体には、幾筋もの鞭跡がつき、斑らに色を変えている。汗で縄が締まり謙は呼吸さえも出来ないようだ。

「チッ!! 気絶しちまいやがった」

男は舌打ちすると、謙の尻の内に喰らいつき、餓鬼のようにその肉に歯をたてる。痛みによって、謙の意識を覚醒させるつもりなのだ。手は前に回され、盛んに謙の雄を揉みしだく。第一幕の終了とみると、兄貴はツカツカと俺の元に近付いて来、俺の側にしゃがみ込んだ。

「だいぶ飾りたてたじゃねえか、どうだ、熱いか」

ロウソクは既に半分程溶けてなくなり、その部分に応じて、俺の体はロウで埋められていた。だが、俺は、今の今まで自分の体を流れるロウの熱さを忘れていた、忘れていたと言っては嘘になるが。

「随分と露を滴らせやがって、そんなにいい気分かよ。このどすけべ野郎!」

兄貴は、俺の、下に向けて反り返っている雄の先にあふれたほとばしりを、ヒョイと指で掬うと、そのまま口に運んだ。

「ショッペイ!! いい塩加減だ。うんとふんばって垂らすんだぜ、そうだ、こいつをお前にやろう。お前の謙が泣いてるぜ」

そう言うと、兄貴は手に握り締めていた糸を引っ張り、俺の雄身に二三回巻きつけ、キュッと結ぶ。鈍い痛みが走り、俺の雄は、謙に引き摺られて、右に向けさせられた。

「あ、兄貴！」

「謙のマラのうずきが伝わって来るだろう、もっと、もっと責めてくれってな、ハッハッ、今から楽しみだぜ、お前が一日たりとしごきを受けなくてはいられねえ体になる時がよ。いいか、体で覚え込め、野郎は体だ。……豊っていったな、存分にこいつをさいなんでやれ、褒美に後で可愛がってやるからな」

「よろしく、お願いします」

豊が返事をすると、「どれ」と兄貴は言い豊の股を広げさせる。

「濡れてるな。その意気だ、続けぎまにぶち抜いてやるから、ケツの穴をよくかっ堀じっとけよ」

兄貴はそう言い残すと、謙のもとに引き返していった。無論、去り際に豊のマラを握り固さを確かめることは忘れない。

謙は男のいたぶりによって、強引に意識を返されていた。トロンとした眼差しは、自分の雄と俺のを繋ぐ一筋の絆に気付いているのだろうか。表情をなくしたボロ人形は、尚も執拗な男の愛撫を受けている。男は謙の体を前後に揺すり、もて遊ぶ。引攣る肉の痛みが謙を襲い、「ウーッ」と一声高くうめ声を発する謙！　糸が張り、俺の雄も同様に引かれ、キューンと痛みが走った。

「イタッ！」

俺は痛さをこらえられず、思わず声をあげる。

「辛抱しろよ、謙だって耐えてるんだ」

豊が俺に諭すようにささやく、そうだ。謙も耐えてるんだ。俺だって……。

「あいつ、又謙の肉に咬みついてる、謙、ボロボロになっちまう」

豊は仲間を思いやってそう言った。

「豊も、噛みつかれたことあるのか」

「ああ、あれがあいつの気晴らしさ、くさくさしてると、手近にいる者を捕まえて、咬みつぶすのさ。俺はここに喰いつかれたんだぜ」

豊は両足をぐっと開き、双玉と秘口の開を指さした。しゃがんだ豊のそこは、網目を透かし、うっすら歯の形に脹れていた。

「何を話しているんだ。豊!! 私語は禁じているはずだ」

マスターが俺達の会話に気付き、駆け寄りざまに、豊の尻の割れ目めがけて蹴り上げた。

「あいっ!」

豊はもんどり打って、引っくり返り、股間を両手で押え込む。仰向けになった豊の胸は荒々しく動き、苦痛のひどさを示していた。それが第二幕の始まりの宣言でもあるかのように、謙の尻の肉を割っていた男は、サッと身を離し、鞭を握りしめた。男のレザーのトレーナーは汗でべったりとへばり付き、筋肉の動きをあらわに浮ばせている。

ビューッと再び風が舞い立ち、謙の体が海老のように曲る、とたんに俺のマラが締めつけられ、ブルンと震えた。ビシッと肉が鳴り、その音が鳴り止まぬうちに三打目が謙を襲う。ピーンと糸が張り、ジーンと冷たい痛みが俺を見舞い、俺は歯を喰いしばった。ビシッビシッと鞭が肉を喰(は)み謙の体が反り返る。

「佐野! 例の通りにな」

マスターの声に男は「へい」と返答をし、鞭の握り方を変える。

「今、壮大な『野郎の滝昇り』をお見せしますよ」

マスターがそう言うや否や、一陣の風が吹き起こる。と、謙の体は上へと跳ね上り、アッと言う間もなく再び奈落へと落下する。ガシャガシャと音がし、鎖が揺れる、ビシッと音がすると謙の体は飛び上り、ガーンと音をたて落下する。それが連続すると、まるで激流を逆昇る鯉のように見えるのだ。

謙は今や完全に木偶(でく)だった。糸で操られ、自在に跳び、反り、はねる。その度に俺の雄も、見えない糸で操られ、ピクンピクンとうごめく。実際、糸が結ばれているのだから、正にマリオネットだ。

「佐野！　そろそろ謙の体力も限界だろう、ケツから汚物を垂れ流されては、見苦しい」

マスターは頃合いを見て、男に言う。

「もうですかい。そいつぁ、殺生ですぜ！　見て下さいよ。俺のを！　こいつをどう慰めりゃいいんです」

男はそう言うと、腰を前にズドンと突き出し、レザーのトレーナーを無理矢理押し下げた。威勢よく雄が飛び出、ピクンピクンと喘いでいるのが見える。

「やっと濡れてきたところですぜ、一度怒った息子はなかなか静まりませんや」

男は両手をそのビール瓶のような筒身に添えると、さもいとおしそうに揉みあげる。

男は、その時、何を思ったのか、浩に四つん這いをさせると、その背に足を掛け、身のこなしも軽く、躍(と)び乗った。そして手を伸ばし、謙の後頭部の結び目を解くと、乱暴に謙の口を封じていたボールを引きちぎる。更に項垂れている謙の顔に手を掛け、グイと上を向かせると言った。

「おい！　野郎‼　鞭をもっと味わいてぇだろう。そうだな！　俺の息子がうずいていやがるのが解るだろ。ほらよ、テメエのマラだってこんなにしっぽり濡れてるじゃねえか」

そう言いながら、男の手は謙の股間を撫で回す。

「ううっ！」

謙がただうめき声をあげるだけなのを知ると、やにわに男は謙の大股をひねり上げる。

「ほれ、デケエ声で言ってみな、もっとしごいてくれとよ。責めてほしいとチンポが泣いてますとな」

男は更に力を込め、謙の股をひねり上げた。

「ああ、あっ！　もっもっと、しごいて、くだ……さい」

荒い吐息の切れ間切れ間に、ようやくのことで謙はそう言った。

「どうです。こいつもこう言ってるんだ。もう一鞭くれてやろうじゃないですか」

男の手が離れた謙の股は、紫色に変色していた。マスター！　マスターが苦笑しながら、「よかろう」と言うと、男は浩の背から飛び降り、鞭を拾い上げる。再び鞭がうなり、謙は「ヒッ！」と悲鳴をあげる。ハーハーと呼吸音も激しく、謙は嗄れたうめき声をもらし続けた。ビシッビシッと鞭は謙の体に絡まり、すぐ宙を泳ぐ、喰いしばる謙の唇が切れ、一筋の鮮血が伝わり落ちる。

「もう良かろう。謙の体を使いものに出来なくしても何だ、後で、武でも進でも、好きな野郎のケツに、あまった体力をぶっ込んでやれ、一発ドンと花火を打ち上げて、お開きとしよう。高野さんも、そろそろ豊と浩と遊ぶ時刻だ」

マスターの言葉にしぶしぶ従うと、男は謙を見上げた。謙は肩で荒い息をし、ガックリと首を項垂れていた。

「おう、謙！　最後を飾るのはテメエの役目だ。一つ威勢よく野郎の証しを見せてみな」

そう言うと男は謙の背後に回り、手を前に出す。つまり客に、野郎の高まりを存分に観察出来るように、両足の間から手をさし出し謙の雄身を握りしめたのだ。

ビクンと謙は反応し、懸命に、野郎としての務めを果たす気構えを見せる。

「謙は、あの格好で絞り出されるのか」

俺の問いに豊は無言で頷く。

「お願いがある。聞いてくれるか」

豊は一瞬怪訝な表情をしたが、すぐに頷き返す。もう俺達は野郎仲間なのだ。

「謙が…謙が果てる時、俺も果てたい、気配を察して、上手く俺を導いてくれ」

豊は初めてニコリと笑った。俺の思いを感じ取ったのだ。

男の手は小器用に上下し、謙を愛撫する。謙は天を仰いで、「ああ、ああっ」とせつなげな喘ぎ声をあげる。喉仏が小刻みに動き、汗がたらたら胸を流れる。

プルプルと震える謙の体の震動が俺に伝わり、その時が間近いことを俺に知らせる。俺は口を大きく開けた。

謙！　今、お前がぶっ飛ばす雄の証しを、この口に受け取めてやるよ。

やがて、大きな高まりが渦巻き、満ち寄せて来たことを察すると、男は謙から手を離し、再び鞭を握った。豊の手の動きが速まり、グイグイと締めつけてくる。俺はまっすぐ、その赤く熟れ切った先っ穂の穴を見つめた。あわただしくほとばしりが、吹き出て、俺の胸に透明な広がりを垂らす。男の手が振り上り黒い鞭がしなる。ビシッと音が鳴り響く。

「野郎の命を飛ばすぜーっ!!」

謙が絶叫する。剥け切った謙の雄身がピッと弾け、勢いよく白い血を吹き飛ばす、と同時に俺の雄も又グッとせり上り、血管が膨張し、細長い筒先の線が丸くなった。

ビュッビュッと飛ぶ俺の若い血、いや、それは謙の体内探く溜め込まれていた野郎の命だ。雄のゼリーは、絶えることなくわき上がる。とそれは宙を駆け、俺の口めがけて飛び散った。

ねっとりとしたエキスは、舌を激しく刺激し、俺をむせさせる、だが、俺は決して口を閉じやしない。謙！　飲んだよ。謙のマラから発射された雄の命は……

それは苦い哀しみにも似た情熱の炎だ、せつなく胸焦がす雄の味だ、決して自らの意志を持つことを許されない野郎の掟だ。俺は果てた後の、あの甘美なやるせなさの中で、一息にそれを飲み込んだ、カッと熱く胸が燃え上り、俺は今、野郎への道程を歩み始めたことを知った、野郎への道程を……。

初出　「さぶ」一九七九年二月号、三月号、六月号

江島 厚 えじま・あつし

一九七〇年代後半から一九九〇年代前半にかけて、多数のゲイ小説を雑誌「さぶ」で発表。本名、年齢などの経歴は非公開。

Special Thanks to：さぶコミュニティ、Akira、城平海

傑作短編小説集
愛恋無限 野郎への道程 新装版

二〇一五年六月二二日 第一刷発行

著者 江島 厚
発行者 岩澤 龍
発行所 株式会社古川書房
〒一六四-〇〇一二東京都中野区本町四-一九-一三
電話 〇三-三三八九-八三八九
FAX 〇三-三三八九-八三九〇
URL http://www.furukawa-books.com/
振替 00180-4-120189
印刷所 株式会社シナノ

ISBN978-4-89236-499-0
落丁・乱丁本はお取りかえいたします。
定価はカバーに表示してあります。